アルゲートオンライン
Argate Online
～侍が参る異世界道中～

7

touno tsumugu
桐野 紡

主な登場人物
カエデ
ハヤテの影より現れた黒い神獣。
ハヤテと違って落ち着きがある。
マリア
リキオーに仕える美女剣士。
かつては王宮の騎士だった。
リキオー
VRMMO「アルゲートオンライン」の
世界に、侍として転生してきた普通の青年。
豊富なゲームの知識でチートに遊び尽くす。
アネッテ
エルフの精霊術士。
人攫いによって連れ去られたところを、
リキオーに助けられる。

ハヤテ
リキオーに飼われている狼モンスター。体は大きいが、性格は子どものように無邪気。
キュウビ
エッドの街に現れた謎の妖怪。
シヅ
ツナトモに仕える美女くのいち。
ツナトモ
エッドの街の平和を守る侍の大将。

1　追っ手

リキオーたち銀狼団《ぎんろうだん》は、獣人国家カメリアを離れ、一路、南を目指していた。

次の目的地は、金竜《きんりゅう》様が住むという竜宮城《りゅうぐうじょう》だ。しかしカメリアからそこまでの道のりは遠く、リキオーたちが苦労した、北の竜人《りゅうじん》たちの拠点エランケアからヒト族の国家アルタイラまでの距離に匹敵する。

カメリアから出て竜宮城に至るまでに、その辺りを支配する勢力は大きく変わるという。

天然の要塞《ようさい》だったカメリアの南にある奇岩地帯を抜けると、獣人の支配領域は曖昧《あいまい》になり、大きな森林が続くようになる。森林をさらに南に進んでいくと獣人の気配は少なくなっていき、やがて海人《かいじん》の支配域に入るのだ。

そのうち森林地帯も途切れ、陸地の奥深くまで海水域が広がったエリアに出る。その海水域の所々にあるのは群島、スタローシェだ。スタローシェとは、「魚の鱗《うろこ》」を意味する地元の海人の言葉で、ここ一帯はヒト族からエスベル諸島群と呼ばれる。

こうした小さな島が無数に連なる地帯が、地球で言えば、南アメリカ大陸のブラジル全土に当たる範囲に広がっている。

ここにはかつてヒトの住まう大地があったが、過去の大戦において超兵器が使用されたことにより、生物が生きるには厳しい環境になってしまっていた。

今も大戦の影響は残っており、たびたび「ホール」と呼ばれる穴が現れ、周辺のすべてを地の底へと吸い込んでしまう現象が起きている。


カメリアの気温もすでに高めだったが、この辺りまで南下すると、さらに高温となる。銀狼団一行は皆、歩を進めながら昼間は額に汗を浮かべていた。

しかし、それぞれの表情に疲れの色はなく、気力は充実しているようだった。

その理由は、夜、リキオーが土魔法で穴蔵《あなぐら》を造り、その中に冷房を設置しているので快適に過ごせるからだ。睡眠が十分に取れているので英気も十分というわけである。

慣れない土地では、食事や睡眠をしっかり取っておかないと、調子が狂って戦闘もままならないというのは自明の理《り》。リキオーはそうならないように、細かなところまで気遣っていた。


リキオーたちが獣人拠点から脱出した翌日、アネッテの懐《ふところ》にあった小さな像が唐突に砕け散った。その像は、アルタイラの直前に立ち寄ったゴーストタウンで手に入れたもので、そこで出会った獣人の子供たちを模《も》した像だ。

何事かと目を覚ました彼女は悪い予感を察知し、馬車の幌《ほろ》を掛けた荷台から顔を出した。そして獣人拠点のほうを振り返る。

ハヤテはアネッテの傍らで体を起こして、ギロリと強い眼差しを獣人拠点のほうに向けた。カエデも何かを感じ取ったのか、リキオーの体に鼻先を押しつける。

リキオーも目を覚まし、カエデの顎《あご》を撫でてやった。そして、沈痛な表情を浮かべるアネッテを見つめて問いかける。

「何があった？」

「……わかりません。でも、とても不幸なことが起こったんだと思います」

アネッテはそう言って、彼女の手のひらの上でバラバラになった像の欠片を見せた。

それが砕けたということは、獣人たちの身に災難が降りかかったことを意味している。そのことは、アネッテもリキオーも何となく感じ取っていた。

しかし、獣人たちの都市はすでに奇岩地帯を経てかなり離れている。ついに攻勢に打って出たアルタイラによってカメリアは炎に包まれていたが、それを見ることはできないのだ。

「アネッテ。彼らのことが心配なのはわかる。俺たちはずっと牢にいたが、お前は多くの獣人たちと心を通わせていた。そうした少なくない人々への思いを抱いているんだろう。でも、戻ることはできないんだ。アルタイラは俺たちを追っている。先に進むしかない」

「……はい。わかっています」

それは仕方のないことだとアネッテも頭ではわかっている。しかし、この像に託された、獣人の子供たちの平穏への願いに思いを馳せると、どうにも焦燥《しょうそう》に駆られるのだ。

リキオーはアネッテの頭を抱き寄せてその銀髪を撫でてやった。アネッテも頭を彼の肩に寄せて、不安に押し潰されそうになる気持ちを抑え込む。

翌朝、一行は後ろ髪を引かれるような思いを抱えたまま、獣人の領域を離れ、途切れ途切れになっていく街道を南へ歩いていった。

＊＊＊

しばらく進んでいると、上り立つ煙が見えてきた。

念のため、ハヤテとカエデにはパーティから離れてもらい、アネッテとマリアにはローブのフードを深めに被ってもらった。

街道筋は人が旅をするときに利用するものだが、そこを進むのは野盗《やとう》も同じ。ましてこんな辺境だ。そういった奴らがいてもおかしくはない。

煙のもとにいたのは、馬車を停めて火を起こしている小さな隊商の一団だ。

二頭引きの馬車に載せた荷は少ない。どこかの街で商売をしてきたがあまり景気が良くなく、そのまま引き揚げてきたような感じだった。

ここで一旦キャンプするらしく、焚《た》き火を囲んで腰を下ろしている男たちの背中が見えた。彼らがこれから進もうとしてる先はリキオーたちが辿ってきた方向。どこに戻ろうとしているのだろうか。リキオーがそう思っていると、向こうから声を掛けてきた。

「よう、お兄さん方。見たところ冒険者のようだが、こんな辺境でいい獲物にでも出会えたのかね？」

「……」

「つれないな。ここで会ったも何かの縁、どうだい？　一夜をともにしていかないかい」

リキオーが舌打ちを返して通り過ぎると、男たちはそれきり黙り込んだ。

どうやらただの思い過ごしであったようだ。そのまま離れていったリキオーがホッとしたのも束の間。妙に剣呑《けんのん》な空気が背後で膨れ上がる。

発生源はリキオーに声を掛けた中年の男の、その隣に腰掛けていた男。彼は目深《まぶか》に被ったフードの下で、ギラリと獰猛《どうもう》そうに目を光らせて呟《つぶや》く。

「よもや本当に来るとはな」

「さすが教主様の情報よ」

「こんな辺境にまで出張《でば》ってきた甲斐《かい》があったというもの」

一方、通り過ぎていったリキオーは、不審に感じながらも気に留めていなかった。が、やはり消せない違和感を覚え、やがて「あっ」と気づく。

「みんな、来るぞ！　奴らヒト族だ」

気づいたのは単純なことだった。

皆フードを目深に被っていてはっきりと見えなかったが、彼らは獣人たちの特徴である獣耳やしっぽを持っていなかった。獣人国家カメリアが支配するこの大陸の南半分では、獣人かその眷属《けんぞく》しかいないはずなのだ。こんな場所にヒトがいるのはおかしい。

後方を見ると、バサッバサッと幌馬車の偽装が解かれ、その中から逆十字の形をした兵器が顔を出す。

フィィーン、という静かなモーター音だけを出して高速で迫ってくるそれは、アルタイラ教会の虎の子の機動兵器、シュライヒだ。

竜人を電池として使い潰す、悪魔のような古代兵器である。

リキオーとマリアはそれぞれの得物《えもの》を抜き、アネッテは空間に魔法を溜めることができるポケット――アーツを幾つも出現させた。迎撃の準備は万端だ。

しかし相手は、リキオーたちの剣や魔法が届かない遠距離にいるにもかかわらず、それを放ってきた。

薄闇の戦場を切り裂く閃光《せんこう》である。

音もしなかった。

「なっ」と驚きを隠せないリキオーのすぐそばを、閃光は光の槍《やり》となって通り過ぎていく。

（なんてこった！　コイツはレーザー兵器だ。こんなものまともに食らったら）

「みんな、無事か！　力場《りきば》をバリアのように使っていけッ」

「ぐぅウ――ご、しゅ」

（ンだとぉ）

リキオーの傍らで臨戦態勢を取ってタワーシールドを構えていたマリアが、妙な呻き声を上げて跪《ひざまず》いた。

彼女はシールドごと、アヴァロンアーマーを貫かれていた。

マリアが膝を突くとはよほどのことだ。

彼女が鎧の内側に着込んでいる内装は、特殊効果を発揮する装備である。それは装着者の命が尽きるまで戦場に立つことを強制するというものだ。つまりそれが効かなくなるほど、マリアは深刻なダメージを負っていることになる。

（い、いけないいっ、マスターを止めなくちゃ）

アネッテが、マリアが被弾したことで激昂《げきこう》して飛び出しかねない主《あるじ》を心配する。彼が一人で飛び出していったら、パーティ自体が瓦解《がかい》してしまう。

だが、彼女の主はどうにか踏み留まってくれたらしい。

リキオーはマリアの盾となるように彼女の正面に立つと、ギリッと唇を噛みちぎらんばかりの形相《ぎょうそう》で前方を睨みつけた。

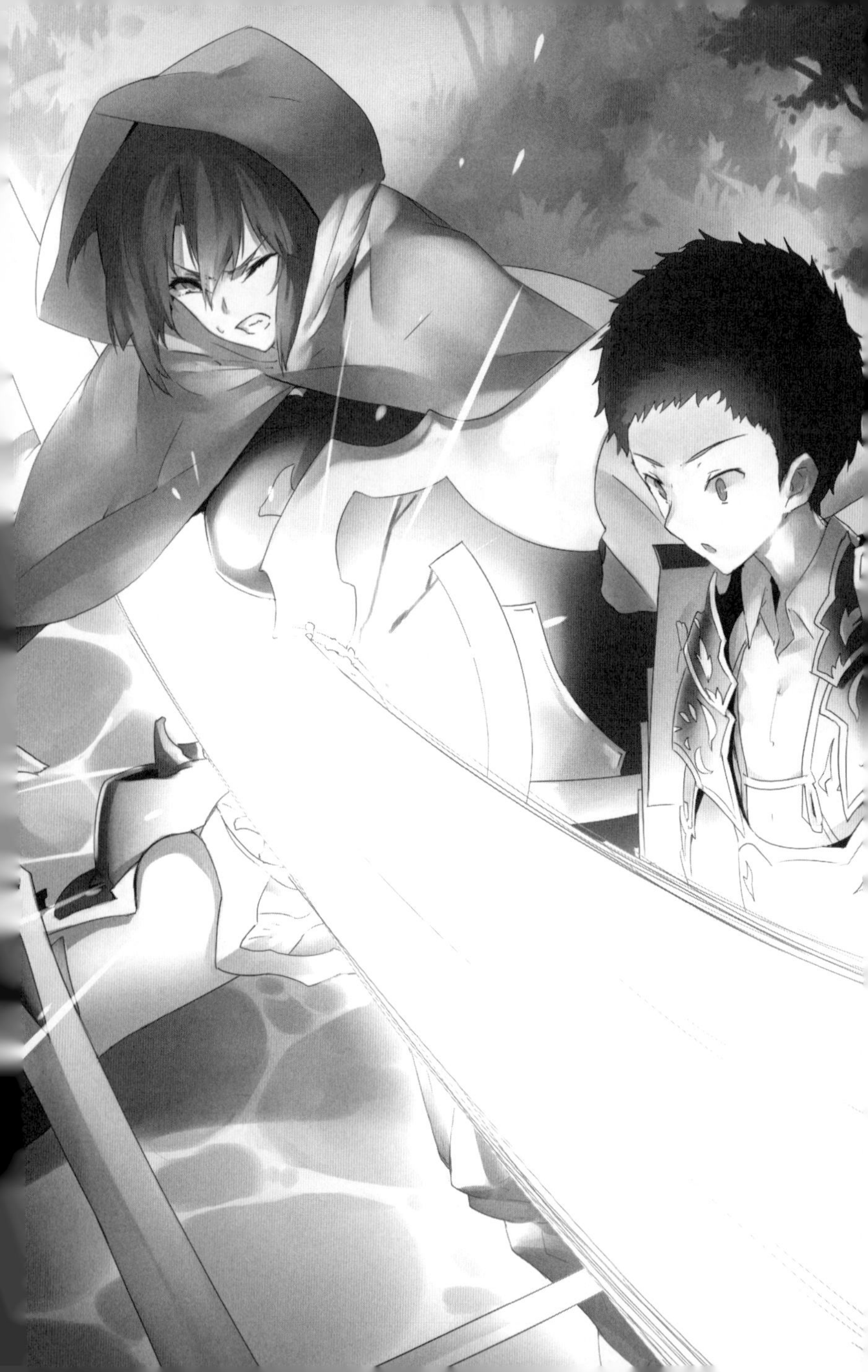

不意打ちとはいえ、これほどまでに不利な状況は初めてだ。

さらにシュライヒから、幾条もの閃光が放たれる。

すかさずリキオーは力場を展開。これ以上、マリアにダメージを与えぬように、そのすべてを防ぎきった。

だが、追っ手の部隊の戦力はシュライヒばかりではない。

シュライヒの陰に隠れていた追っ手たちが剣を手に、叫び声を上げながらリキオーたちに迫ってくる。

「いい加減に諦めろッ、教会に楯突《たてつ》く愚か者どもよ」

彼らはリキオーが展開している不可視の力場に驚きながらも、しかし一歩ずつ確実に、彼らにとどめを刺すべく歩を進めてくる。

パーティの誰もが、この絶対的に不利な状況に歯噛みしていた。

そのときだ。

「ワウーン」という狼の吠え声とともに、ハヤテとカエデが参戦する。

「ハヤテさんっ」

安堵《あんど》の表情を浮かべて声を上げたアネッテ。それに応えるように、ハヤテが首を振ってリキオーの前に出た。

ザッザッと大地を蹴る音とともに、ハヤテとカエデはリキオーのすぐ脇をすり抜け、左右の位置を変えながら敵たちに迫っていく。

しかし追っ手たちはハヤテたちの情報を予《あらかじ》め得ていたようで、その登場に動じることもなく、シュライヒの攻撃目標を二匹に変えてレーザーを連続して放った。

前面に力場を集中させ、レーザーの槍衾《やりぶすま》をものともせず駆け抜けるハヤテ。

ハヤテは両脚から風の刃、ブレードソーンを展開すると、シュライヒの間を走り抜け、緑色の刃で斬りかかった。

しかし、シュライヒの周囲に展開された強力な磁場のような力により、傷一つ付けることはできない。とはいえ、ハヤテの狙いはシュライヒ自体ではなかった。

シュライヒは、必ず操縦者が遠隔で操作を受け持っている。だから、それを叩けば動きを止めざるを得ないのだ。

しかし、追っ手も操縦者が狙われることは承知済みで、その防護を堅くしていた。

操縦者を狙おうとするハヤテに向かって幾重にも投網が掛けられる。が、彼の影に潜むカエデがそれを切り裂いてしまうため、誰もハヤテを止めることはできない。

「くっ、化け物めッ」

ハヤテのブレードソーンに体を大きく切り裂かれた追っ手たちは、鋭い目つきでリキオーたちを睨みつけて絶命していった。

ハヤテが、操縦者と思われた後方の追っ手たちを次々と倒していくが、シュライヒの動きは止まらない。

そのとき、影にいたカエデが何かに気づいたように周囲の藪《やぶ》へと影を伸ばしていく。しばらくして血飛沫《ちしぶき》と黒い煙が上がった。シュライヒの遠隔操縦機が破壊されたようだ。

ようやく追っ手は全滅した。

機動兵器シュライヒも、地に落ちて動かなくなる。

リキオーはシュライヒの筐体《きょうたい》に近づくと、そのまま刃を振るった。そうして防護フィールドを失った機動兵器の扉をこじ開ける。

中には、十字架に磔《はりつけ》にされた竜人が収められていた。

頭に被せられていたヘルメット状の拘束具を引きちぎる。すると、竜人はまだ命があったのか、弱々しい瞳をリキオーに向け、震える唇で訴えかけてきた。

その動きを読むと、竜人は「殺して」と伝えようとしていた。

リキオーは無言で頷《うなず》くと、正宗《まさむね》の刃を竜人のやせ細った胸に突き立てる。刺された竜人は、最期《さいご》に安らかな顔を見せた。

アネッテが顔を背《そむ》けて呟く。

「なんて酷《ひど》い……」

「奴らの侵攻が続く限り、こんな犠牲が増えるんだ。俺たちは俺たちにできることをしよう」

リキオーがそう言って振り返ると、アネッテも確固たる意志を胸に、力強く頷いた。

2　暗き穴の底へ

機動兵器シュライヒを運んでいた馬車がそのまま残されていたので、リキオーたちはそれを利用させてもらうことにした。

重傷を負ったマリアは、アネッテの回復魔法で傷を癒やされたものの、体力を消費したため意識を失ったままだ。

リキオーは、マリアのアヴァロンアーマーを脱がし、横にしてやった。ハヤテとカエデがマリアを少しでも楽にさせようと、彼女の体を挟み込むようにして寄り添っている。

しばらく水場を避けるようにして馬車を進めていたのだが、それもやがて限界になってきた。

今、目の前には、小島の群れと幾重にも入江を作っている水道が広がっており、そんな場所では馬車は使えそうにない。

「もう馬車は無理だな。あとはハヤテ、頼んだぞ」

「ワウッ」

ハヤテの背中にグッタリとしたマリアを抱きつかせ、さらに落ちないように紐で腰を固定してやる。これでハヤテという戦力を失った。今戦えるのは、リキオーとアネッテ、そしてカエデのみだ。

リキオーはカエデの滑らかな肩を撫でながら先頭を行く。そのあとを追ってアネッテ、そしてマリアを乗せたハヤテが歩を進める。

膝まで沈む水道を渡り、小島に登っていく。小島の広さはせいぜいが二十畳ほどで、草や木などは生えていない。そのため見渡す限り開《ひら》けており、隠れられるような場所などないのが辛いところだ。

追っ手があれで尾行をやめたとは思えない。だから、とりあえず行けるところまで行くしかない。この延々と続く小島、スタローシェを抜ければ、海人の支配地域に入れる。そこへはヒト族の追っ手は入れないので、海人のもとまで到達すればリキオーたちの勝ちだ。逆にここで追っ手に捕まれば、リキオーたちは苦境に立たされることになる。

「だいぶ距離を稼いだはずだ。少し休もう」

「はい」

アネッテはハヤテの背中からマリアを下ろしてやり、彼女の様子を確かめた。

まだ生気がない様子で、戦闘ができるような状態ではない。このようにマリアが未だグッタリしているのは、彼女が着けていた鎧にも原因がある。

アヴァロンアーマーは装着者の魔力を吸い取り防御力に変える。装着者が元気なときなら問題はない。だが、鎧下のアーミングジャケットに穴が空くほどの被害を受けたとなると話は違う。

アーミングジャケットは装着者の魔力を消費して復元する。重傷を負ったマリアはＨＰを失い、あまつさえ鎧に魔力さえも奪われたのだ。今は鎧も鎧下も脱がせているので問題はないが、しばらくは立ち上がることすらできないだろう。

「ご主人、すまない。迷惑を掛けて」

「馬鹿野郎。お前は俺の大事な女なんだ。迷惑だなんて思うか」

目を覚ましたマリアは申し訳なさそうに呟いたが、リキオーに強く叱責された。それから彼の手でおでこを撫でられると、マリアは力なく笑い、再び意識を失った。

「マリアはまだ無理そうですね」

「ああ。しばらく休ませてやりたいが、追っ手が諦めてくれたとは思えん」

リキオーはカエデの首筋を撫でながら後ろを振り返る。

カエデがキリッとした鋭い眼差しを、リキオーたちの遥《はる》か後方に向けた。彼女の目には、リキオーたちを追う追跡者が見えているかのようだ。

そのカエデの視線を見ていると、リキオーはさらなる不安に駆られた。

彼らのそばで、水の流れる激しい音が聞こえてくる。

スタローシェ特有の現象、ホールができているらしい。ホールはどこに通じているのかもわからない穴で、このエリア内の様々な場所で見られる。穴に落ちたが最後、戻ってきた者はいないという。

ホールの存在が、ここの小島が休むには向いていない理由の一つだ。また同じ理由から誰も住むことができない。

その昔、この地の肥沃《ひよく》な大地には牧草地帯が広がり、都市群まであった。しかし古代戦争で使われた兵器により牧草地帯は喪《うしな》われ、都市群もその煽《あお》りを食って消えたという。

カエデの耳がピクッと震えたのを見たリキオーは、何かを感じ取ってため息を吐く。そして、アネッテとハヤテに振り返った。

「やはり見逃してはもらえぬようだ」

「仕方ありませんね」

アネッテは覚悟を決めたように頷きを返し、ハヤテはマリアに身を寄せた。

「ハヤテはマリアを頼んだぞ」

「ワウッ」

了承した、というようにハヤテが低く吠える。リキオーもそれに頷き返して立ち上がった。

ともかく今は、二人と一匹で戦闘をこなすしかない。いざとなったら、自身を窮地《きゅうち》に追いつめる技とも言える【覚醒《かくせい》】の使用もやむなしだな、とリキオーは悲壮感を漂わせる。

「なんだ?」

リキオーが警戒しだすと、カエデも不審げに周囲を見渡す。

その場に殺気が満ちつつあった。しかし、敵の姿は見えない。それにもかかわらず、場には嫌な空気が濃厚になっていく。

「!?」

空から、紫色に光る鱗粉《りんぷん》のようなものがキラキラと光りながら落ちてきた。

彼のところだけでなくパーティがいる小島にも、視界に入る限り至るところに、それは降り注いでいた。

(これはもしかすると……)

リキオーは先日の追っ手がシュライヒを持ち出してきたことを思い出し、特殊な魔法攻撃に切り替えてきたと推測した。となれば、これはステータスに干渉する系統の攻撃に違いない。

「カエデ！　影に入れ。この粉に触れてはいけないッ。アネッテ、最大防御だ」

「はっ、はいっ」

カエデはすぐに、リキオーの指示を理解して影へと身を落とす。

アネッテはリキオーに言われるままに、自身に防御系の呪文を掛け、それとともに力場を最大出力で張った。

アネッテが主から日頃言われていること。それは、彼女がパーティの最後の守りだということである。最悪、彼女以外の全員が死亡しても、アネッテさえ生きていれば、蘇生《そせい》魔法で皆を復活させることもできるのだ。

でもまさか、自分の守りに徹しなければいけない、そんな局面がやって来ようとは……

一方リキオーは、頭がクラクラしてきて幻聴が聞こえてくるのを感じていた。

悔しいことに敵の術中に見事に嵌《はま》ってしまった、そう冷静に理解するも、周囲からクスクスと笑い声が聞こえてくる。リキオーはガックリと膝を突いた。

「マ、マスター!?」

アネッテにはリキオーのステータスが邪悪に染まっていくのが見えた。リキオーは、愕然《がくぜん》としている彼女に背中を向けたまま、声を絞り出す。

「アネッテ……お、俺を攻撃しろッ。俺は奴らの手に落ちた。肉体支配系の魔法だ」

「そ、そんな、それなら今すぐに治して差し上げます」

「だ、駄目……だ。力場を解いたらお前まで狂ってしまう。そうしたら誰がマリアを治療するんだ。グッ、グウゥ」

リキオーは必死に魔法に抵抗を試みていた。気を抜けばたちどころに彼らの支配を受け、アネッテに斬りかかってしまうだろう。

アネッテが彼に、【レストレーション】などの状態異常解除魔法を掛けるには、今彼女が自分に掛けている最大防御を一部解除しなければならない。

だがそうすれば、リキオーの言う通り、この降りしきる紫色の鱗粉を受け、アネッテも異常をきたしてしまう。

パーティの生命線たる彼女がそうなってしまったら、銀狼団の負けは確定する。

＊＊＊

「凄いな、さすが教団の秘匿《ひとく》兵器だ。あのシュライヒを打ち破ったという知らせを聞いたときは肝を冷やしたが」

「ああ。だが、我らも手を出すことはできないのは難点だ。しかし、奴は本当にバケモノだな。この邪妖精《じゃようせい》の肉体支配攻撃を受けて、まだ抵抗しているとは」

追っ手たちは眼前の光景に目を奪われていた。

紫色の死の鱗粉をバラ撒いているのは、三十センチほどの大きさの邪妖精と呼ばれる古代文明の兵器だ。それは、彼らの前方の空間に浮いている。

邪妖精は、鱗粉によりその場にいる者の肉体を支配し、互いに殺し合わせる。

彼らは以前、邪妖精を使って獣人のパーティを始末したことがあった。そのとき獣人たちは簡単に肉体支配を受けてくれた。涙を流し悲鳴を上げながら、獣人たちは互いに殺し合っていた。

邪妖精が支配するのは、基本的には体だけ。心はそのままである。それだけに、支配を受けた者たちは凄惨《せいさん》な光景を繰り広げる。「嫌だよう」「やめて」「許して」と泣き叫びながら、仲間に刃を突き立て、挙句の果てに狂い死にしてしまうのだ。

それなのに、だ。

眼前の男は、もう十分近くも抵抗を続けている。

恐ろしいまでの精神の強さだ。だが、体が受け入れなければ、そのときはまた、邪妖精の術の邪悪さを思い知ることになる。

そのタフさが逆に引き金となり、体の支配から心の支配へとシフトするのだから。

＊＊＊

「ハッ……」

「マスター？」

リキオーが立ち上がったので、アネッテはついに彼が抵抗しきったのだと思って声を掛けた。

だが、振り返ったリキオーの瞳に、意志の力が感じられない。

リキオーは正宗を大上段に構え、「オオオ」と怨嗟《えんさ》の声を上げて近づいてきた。

「う、嘘よ……そんなこと」

アネッテは弱々しく首を横に振って後退《あとずさ》る。

この世界で一番大切な、そして信頼している人から刀を向けられている。目の前で起きているその事実に、彼女の心は折れかかっていた。

そのときだ。

アネッテの傍らを、彼女がとてもよく知る風が通り抜けた。

「姉様ッ、後ろへ下がって」

「マリア！」

現れたのは、ハヤテに跨《またが》ったマリアである。

まだ完全に治ったわけではないのか、彼女は苦しみに脂汗を浮かべている。

マリアは、彼女のトレードマークである青い鎧に身を包んで、ハヤテに乗ったままリキオーへ突っ込む。

力場を前面に集中し、先端を鋭く尖らせて、主の鎧の空いた胸部分に突き立てた。

リキオーは「ゲフッ」と倒れ込む。

そこをすかさず、力場を解いたハヤテがリキオーを咥《くわ》え上げると、そのまま後方へと駆け抜けていった。

慌ててそのあとを追うアネッテ。

「マリア、どうするの？　逃げ場などないわ」

「姉様、一か八か、あれに突っ込もう」

「う、嘘でしょう!?」

マリアが指差すほうには、轟々《ごうごう》と渦《うず》を巻いて、そこにある物すべてを呑み込もうとしているホールがあった。

落ちて戻った者が誰もいないという、巨大な穴。

だが彼らには、そこへ飛び込む選択肢しか残されていない。

アネッテが逡巡《しゅんじゅん》している間にも、リキオーを咥えたハヤテは、その背にマリアを乗せたままホールへと飛び込んでしまった。

「ああ、もう！」

全く躊躇《ちゅうちょ》せずにホールへと飛び込んだ妹分たちを見送ったアネッテは、ほとんど自棄《やけ》になってホールへと身を投じた。

中は激しい水流で、アネッテはたちまち自由を奪われてしまう。

ゴボゴボと息を吐くのが精一杯だった彼女は、精霊の助けを借りる暇もなかった。そのままアネッテは意識を失い、流されていった。

＊＊＊

追っ手は焦っていた。

まさか、ホールに自ら飛び込む阿呆がいるとは、思いも寄らなかったためだ。彼らが死んだならそれでいい。だが、上に報告するには、何か彼らを討ち取ったという証《あかし》が必要だ。

「……どうする」

「仕方あるまい。見たままを報告するしかない。ホールから生きて帰ったものは皆無だ。とはいえ、仕留めた証拠を出さねば雇い主は納得すまい。例の場所で待ち伏せだ」

追っ手たちはそう話し合いながら、邪妖精をコントローラーのカプセルへと呼び戻した。そしてそれらを収納すると、その場をあとにするのだった。

リキオーたちを呑み込んだホールが、ゲップのような音を立てる。

次第に水流が弱くなり、最後には、そこに何もなかったかのような静寂だけが残っていた。

3 埋没都市

アネッテが目を覚ますと、すぐ近いところから、ポタポタと断続的に水の音が聞こえた。意識するとその音は大きくなってきて、とても寝ていられるような状況ではない。

しかし、頭がぼんやりしていて意識が纏《まと》まらない。やっと目の焦点が合ってくると、カエデが優しく見下ろしているのに気がついた。

アネッテは、ほっそりとした手を伸ばしてカエデの黒い毛並みに触れる、そして、その心地いい感触を確かめているうちに、急速に意識を取り戻していった。

「ううン——私、どうし……て。えっ！」

アネッテがガバッと身を起こすと、驚いたカエデがビクッと後退《あとずさ》った。

「こ、ここ、どこなの？」

そこはドーム状の空間で、そこかしこにサラサラと砂が流れ落ちている。壁は何かの宮殿のように精緻《せいち》な模様が描かれており、しっかりとした硬さを持っていた。

ふと見渡してみると、その空間の広さはかなりのものだった。人工物ではないようなアーチ状の柱があって、それで天井が支えられているらしい。

天井からズサッと砂が大量に落ちてくる。

砂は水と混じって落ちてきていた。水があるということは、地上のホールと繋《つな》がっているのだろうか。

奥を見通すように目を凝《こ》らすと、空間はどこまでも続いていた。アネッテが倒れていたのは、崩れた壁のような硬い地面である。

傾いた壁の先には、砂の地面が続いている。水だけでなく緑も見える。地の底だと思われるのに、不思議と暗くはない。

かつて文明があった名残《なごり》だろうか、建築物の破片がある。それにこびりついた緑が燐光《りんこう》を放っているので、歩くのに不自由はなさそうだ。

ここには水と緑の精霊が豊かで汚れた感じではない。

「私、どうしていたのかしら」

アネッテは何が起きたのかを思い出そうとした。そしてショッキングな記憶が甦《よみがえ》る。

生気のない瞳で、彼女に斬りかかってくるリキオーの姿。

アネッテはビクッと肩を震わせる。そして、ハーッと長いため息を吐いて、頭を横に振ってそれを忘れようと努めた。

この世界で唯一頼るべき相手から、敵意を向けられる恐怖。

（あれはマスターじゃないの、そう、違うの）

ウンウン、と自分に言い聞かせるアネッテ。

そんな彼女に、カエデが静かな眼差しを向けていた。アネッテはカエデの視線に気づき、ハッとして顔を赤らめる。そして、ンッンッとわざとらしい咳払いをした。

「みんなを探さないといけないわね」

カエデは、もうアネッテは大丈夫だと察したのか、今度は甘えるように首筋を擦りつけてくる。

アネッテはカエデに優しく微笑むと、「ありがとう」と囁《ささや》いて立ち上がった。

歩き出してみると、砂地の地面はしっかりと堆積《たいせき》しているようだった。サンダル履きのアネッテの足にも砂漠を歩くよりもずっと楽に感じられた。

カエデはアネッテの前に立って、足の運びも軽やかに進んでいく。

「みんなのいる場所がわかるのね？」

カエデはアネッテに振り返って頷いた。そして、こっちという風にしっぽを振る。

アネッテは「もう何があっても真っ向から向き合う」という決意を胸に、手にした彼女の魔法の杖、エルダーロッドをしっかと握りしめた。

カエデに案内されて辿り着いたのは、開《ひら》けた泉のような場所であった。

そこには、幾重にも連なった大きなテーブルのようなものがあり、その一番下からは、こんこんと綺麗な水が湧き出し、惜しげもなくこぼれ落ちている。

水のテーブルの端で、ハヤテが無防備に腹を見せ、まるで魚市場のマグロのように倒れていた。

そんなハヤテの様子を見て、カエデは呆れたように鋭い眼差しを投げかけた。

一方アネッテは、最初は安堵に涙を浮かべたものの、ハヤテのいつものだらしない様子を見ているうちにおかしくなってしまい、肩を震わせてクスクスと笑ってしまった。

アネッテは念のため、ハヤテに状態異常回復の呪文【レストレーション】を掛け、あの邪妖精の影響を受けていないことを確かめた。

「ウウッ……バウッ!?」

魔法を掛けられ、ハヤテが目を覚ます。

それが懐かしい、よく慣れた魔素の気配であることを感じ取り、彼は四肢に力を込めて、ぐるりと体を起こした。

そして、アネッテとカエデがいることに気づくと、「バウッヮワウッ」と元気よく吠えた。

が、カエデが冷たい視線を向けているのを見て、「アレ？　なんかやらかした？」とばかりに顔中に疑問符を浮かべる。

「ふふ、カエデさんは怒っているわけじゃないわ。おかえりなさい、ハヤテさん」

アネッテはハヤテの足先に腰を下ろして、彼の首に腕を回して抱きしめた。

＊＊＊

アネッテは、ハヤテ、カエデと並んで歩き始めた。

もうかなりの距離を歩いているが、ドームの終わりは見えない。

ホールに呑み込まれたときは最早《もはや》これまでと運命を諦めていたが、こうして仲間と出会えた。カエデはしっかり者なので、彼女といれば何も問題はない。

そうしてしばらく歩いていると、ハヤテが何かの気配に気づいたらしい。「バウッ」と吠え、はっしはっしと先に駆け出した。

前方の通路に続く水路の土手にいたのは、俯《うつぶ》せになって倒れるマリアである。ハヤテは鼻先でマリアの髪を揺らして、その顔を覗《のぞ》き込んでいた。

ハヤテに追いついたアネッテは、一応【レストレーション】を掛けて異常がないのを確かめた。

そしてその傍らに跪《ひざまず》いて、マリアの肩に触れてみる。

アネッテは、マリアの息が正常であるのを確かめると、ようやくホッと安堵のため息を漏らした。

ここの水や緑は、聖別《せいべつ》されていて穏やかな気を湛《たた》えていた。まるでエルフの大森林を思わせる。

こんこんと湧き出す水の力が、酷く疲れていたマリアを癒やしたのだろう。

「うん、もうマリアは大丈夫。あとはマスターだけね」

アネッテがマリアの乱れた前髪をなぞると、マリアは静かに目を覚ました。

「ン……姉様？」

「ええ、もう大丈夫よ。痛いところはないでしょう？」

「ああ、不思議な気分だ」

そう言ってマリアは、深く吸い込んだ息を吐く。そして、ドーム状の天井からサラサラと流れ落ちてくる水と砂を、目を眇《すが》めて見上げる。

「それで姉様、ご主人は？　無事なのだろうか」

「……多分《たぶん》。カエデ。マスターも無事なのよね？」

問いかけられたカエデは、静かに瞬《まばた》きを返した。アネッテも力強く頷き返す。

「マスターを迎えに行きましょう」

まだ本調子でないマリアはハヤテに跨《またが》り、その傍らにアネッテが寄り添う。そして、リキオーの位置をすでに特定しているらしいカエデが先導した。

ドームの道が分かれているところへとカエデが進み、一行もそれに付いていく。分かれ道の先は行き止まりの袋小路《ふくろこうじ》で、開《ひら》けた場所だった。

そこに、何かの碑石《ひせき》だろうか、つるつるとした光沢を放つ、縦長の石が幾つも並んでいた。

その台座部分に、もたれかかるようにしてリキオーの体が引っかかっていた。下は深い水を湛《たた》えている。もしバランスを崩すようなことがあれば、そのまま沈んでいってしまいそうだ。

「マスター！」

アネッテはリキオーの姿を見たとき、一瞬だけ、自分に刀を向けた姿を思い出した。が、すぐにそれを記憶の底に押し留め、飛び出していった。

リキオーはホールに落ちる前の戦闘で邪妖精の精神支配を受けた。この聖別された空間でさえ、浄化されずにいる可能性もある。近づいた瞬間また刀を向けられるかもしれない。

しかしアネッテは、リキオーを全面的に信じる気になっていた。その結果として、斬り倒されようとも。

近づいてみると、幸いなことにリキオーは意識を失っていた。

アネッテは、彼の肩を掴んで水の中を引っ張っていく。するとマリアを下ろしたハヤテもやってきて、やや乱暴ながらもリキオーの腕を咥えて岸に引き上げてくれた。

マリアが心配して尋ねる。

「姉様、ご主人は？」

「大丈夫よ。邪妖精の気配もないわ。消耗しているだけ。今日はここに泊まりましょう」

アネッテは念のためリキオーにも【レストレーション】を掛け、砂の上に彼を横たえた。

リキオーは満身創痍《まんしんそうい》といった状態で、状態異常からは脱していたものの外傷が著しい。マリアがリキオーの隣に寄り添うように横になった。

アネッテは、インベントリから取り出した鍋で今夜の食事の準備を始めた。ハヤテとカエデも、彼女を手伝う。

普段なら、リキオーが彼の土魔法によってかまどやベッド、風呂からトイレまで一切合切《いっさいがっさい》作ってしまうが、今は彼が倒れているのでいささか不便を強いられる。

しかしアネッテは、そんな不便さも昔を思い出すと感じていた。まだパーティを組んだばかりの頃、結界を張っただけで壁もない野っ原で、彼らは寝床を並べたものだった。

鍋がくつくつと蓋を鳴らし、一行のいる辺りに美味しそうな匂いが立ち上り始める。そんな頃、リキオーがゆっくりと目を覚ました。

「ここは――」

「気づきましたか、マスター」

「ああ、アネッテ。すまん、俺……」

「もう何も言わないでください。済んだことですから」

リキオーは寝転がったまま腕を頭の上に乗せて、ドーム状の天井をぼんやりと見つめた。そうしながら、今までのことを思い出した。

追っ手に、スタローシェに追い込まれた。そこで、精神支配を攻撃手段とする邪妖精が出現。その術中に嵌ってしまった。

体を操られないように抵抗を試みていたが、しばらくすると突然、拘束の手段が切り替わった。抵抗に集中していたため、気づくのに遅れて瞬く間に、精神を支配されてしまった。

この手の支配の嫌なところは、自分が何をしたか覚えていることだ。

(まさかアネッテに刀を向けるなんてな)

自らの油断が招いた結果である。自分がそんなことをするとは夢にも思わなかったので、アネッテには申し訳なく思ってしまう。

気づくと、腕にマリアがしがみついていて、目尻を下げてわざとらしい寝息を立てていた。

起きているのがバレバレだ。

だが、マリアにも今回は無理をさせてしまった。シュライヒのレーザーに貫かれ、重傷を負ったのだ。そのためリキオーは、そんな彼女を見て見ぬ振りをしてやった。

マリアの表情を見ていると、もう苦しみを感じている様子はないようだった。

アヴァロンアーマーには、自動修復といった特別な機能はない。だから、シュライヒによって空けられた穴は修理しなければ塞《ふさ》ぐことはできない。ただ、鎧下のアーミングジャケットは魔装具のため、立ち直った彼女の魔力を糧《かて》に修復されているはずだ。

腹が減っているのに気づいて体を起こすと、マリアは彼を引き留めるように不満げな表情を見せた。リキオーは彼女の鼻を摘《つま》んでやる。

「きゃん」と、普段の凛々《りり》しい彼女からは想像もつかないような可愛い声を上げるマリア。彼女が唇を尖らせて見上げてくるのに、リキオーは笑い掛けてやった。そんな様子を横目に見ながら、アネッテが声を掛けてくる。

「マスター、何か食べます？」

「ああ、腹が減ったよ」

リキオーが起き上がると、そばで寄り添っていたハヤテとカエデも顔を擦り寄せてくる。リキオーは彼らへの感謝を示すように毛並みを撫でてやった。

やはりパーティの中心はリキオーだ。彼を頼りに皆が集まってくる。こういうときに、リキオーは家族の良さを思うのだ。パーティは一心同体。彼が力を取り戻すと、全員が気力を充実させていく。

リキオーたちは、アネッテの作った温かい料理を腹に収めたあと互いに身を寄せ合った。そうして人心地が付くと、明日へと向かう気持ちを新たにする。

「マスター、ここどこなんでしょう」

アネッテはそう尋ねてぼんやりと天井を見上げる。それに倣《なら》ってリキオーも見上げるが、すぐに鍋の下の火に視線を戻して呟く。

「ホールに落ちたんだろう？　マリアの提案か。あの場面では賢明だったと思うぞ」

リキオーの言葉にマリアはホッとした表情を見せた。

ホールに落ちて帰ってきた者はいない。少なくとも今まではそう言われていた。しかし、ここの水の流れや砂の堆積を見ていると、ある特定の流れがあるように思える。つまり、どこかに繋がっているのではないだろうか。

もし、その流れを掴むことができれば、この埋没都市群から脱出することも可能なのではないか。

そんな考えを抱きながら、リキオーは告げる。

「ともかく出口を探そう。水の流れを追っていけば必ず外に出られるはずだ」

「はい」

方針が決まり、気力を充実させる一行。

ようやく元気を取り戻したマリアは、アヴァロンアーマーを付け始めた。やがてフル装備となり、マリアは剣の柄に手を置く。しかしやはり気になるのか、シュライヒによって付けられた穴を悔しそうに撫でていた。

一番先頭を行くのは、ハヤテとカエデだ。そのあとを歩くリキオー。彼に寄り添うように、左右をアネッテとマリアが歩いている。

支流はやがて集まっていき、より大きな流れとなっていく。

流れる水の音も轟々と耳に煩《うるさ》いほどだ。

ハヤテは水の流れに沿うように楽しそうに駆けている。それを見守るアネッテもマリアも、そしてリキオーも心を弾ませる。

水の流れは、上昇しながら天井の一つの巨大な穴へと繋がっていた。

穴の周辺にはよじ登れそうな崖《がけ》が見え、一行はハヤテたちに先に上がってもらい、上から垂らしたロープでさらに登っていった。

そうして、底にいたときには砂粒ほどにしか見えなかった穴が、今彼らの前に広がっている。

出口らしきものを見つけたことで明るい雰囲気になりつつあったパーティに、突如として緊張が走る。

ハヤテが牙を剝《む》いて唸り声を上げる。リキオーはパーティのメンバーたちに注意を喚起するように鋭い眼差し向けた。

「いるぞ」

諦めたと思っていたアルタイラからの追跡者、邪妖精を操る刺客たちだ。

「ああ、今度は前のようにはいかせん」

「ええ。私たちを追いかけてきたことを後悔させてあげましょう」

マリアも、そして珍しくアネッテも怒りを滲《にじ》ませている。あるいはそうして怒りに身を任せることで忌まわしい記憶を払拭しようとしているのかもしれない。

杖を構えたアネッテが、周囲にアーツを展開させる。そして、空間にできたポケットの一つを無造作に掴むと、穴の外へと投げた。

穴の外へ飛び出した魔法は白い光球の形をしていた。それはそのまま空高く打ち上げられると、その効果を広げる。

キュィィインという音が周囲に響き渡った。

それと同時に、眩《まばゆ》い光の奔流が無差別に撒き散らされる。続いて、天井の穴へと飛び込んでいくリキオーとマリア。アネッテはカエデの肩に掴まって穴の中へと入っていった。

外はそれまでのスタローシェではなく、しっかりとした大地だった。

＊＊＊

刺客たちは予《あらかじ》め、リキオーたちがここから出てくると踏んでいた。

というのも、ホールは呑み込むだけではない。ランダムに現れるそれとは別に、定期的に出現する吐出口があるのだ。アルタイラ軍部は長年の観測からその場所を特定しており、そこで邪妖精を展開できる準備を済ませていたのである。

しかし邪妖精は、長い間待機状態を保ったままでいることはできない。古代の大戦で使われた発掘兵器なので、不安定で暴走しがちなのだ。

そこへ突如として、空中高く白い光の玉が浮かび上がった。光が耳障りな音を振り撒くと、操者は邪妖精を直ちに動かそうとした。

「なにッ！」

「どうした」

操者の仲間たちがトラブルを察知して、得物を取り出す。

操者は愕然とした表情で操作盤に目を落としていた。邪妖精の姿が浮かび上がるが、その姿は希薄であり、前回、リキオーたちを襲ったときのような性能がほとんど発揮されていない。

続いて、リキオーたちが穴から飛び出してくる。得物を抜いた刺客たちは、操者に苛立ちを含めて言い捨てた。

「何をしている！　貴様の仕事を果たせ」

「ちぃッ」

彼らはすでに大きなアドバンテージが失われたことを悟っていた。それでもやることは同じだ。教会の暗部である彼らは、いつも多くの反逆者たちの命を屠《ほふ》ってきたのだ。

「させませんッ！　大地を潤《うるお》す水よ、不浄なるものを押し流せ、【ウォーターブロウ】」

アネッテは杖を差し出して、魔法の効果を最大限に引き出す。

最初に撃ち出した、喧騒を生み出す光球【サイレントノイズ】は弱体3系と呼ばれもので、本来は魔法の効果を阻害する弱体魔法でしかない。しかし機械によって生み出された邪妖精には効果覿《てき》面《めん》だ。

続けて、青い水の精霊ウンディーネをバックに魔力を漲《みなぎ》らせたアネッテから放たれた契約魔法【ウォーターブロウ】。

それは、彼女の感情の昂《たか》ぶりによって、現実世界への行使力を大きく強められていた。さらにこの地の水の精霊の強さ。そして巨大なホールの影響力も加わる。

ゴゴゴと大地を揺るがすほどの振動。

それとともに深い穴の底から、穴自体を砲身にして凄まじい水流が撃ち出される。

「ば、馬鹿な！　ぐぁぁぁ！」

追っ手たちも邪妖精の操者も例外なく、水流から伸びた幾つものウンディーネの腕に捕らわれていった。邪妖精もウンディーネに握りしめられ、一瞬で破壊されていく。

フゥッと息を吐いて、魔力を制御するアネッテ。その背後からウンディーネの姿が消え、魔法が収束していく。

すると、あれほど巨大だった水の柱がその姿を消した。そこにはホールだったものはなく、ただ静かに水を湛《たた》えた湖があるばかりだった。

そして、空から何かが落ちてくる。

水流に捕まり、天高く打ち上げられた刺客たちだ。どんな体術を持とうが、これほど高所まで打ち上げられた者に助かる術《すべ》はない。

落下し、地面に叩きつけられた彼らは皆一様に事切れていたが、リキオーとマリアは一応、とどめを刺して回った。

敵を全滅させたことを確認したリキオーが、皆に告げる。

「よし、行こう」

こうしてホールの底の埋没都市を脱出し、アルタイラからの刺客を振りきった銀狼団一行は、一路、南を目指して歩き始めた。

金竜がいるという、海人の都市を目指して。

4　海人の国　その1

アルタイラからの追っ手、刺客たちを葬《ほうむ》り去ったリキオーたち銀狼団のパーティ。彼らはスタローシェを抜けて、シルバニア大陸を南下していた。

とりあえず危険は去った。先行きには不安が残るものの、それほど逼迫《ひっぱく》した感じはない。

とはいっても相変わらず、この先の目標やこの辺りの地理に関しては、リキオーのゲーム知識に頼りきりなので、やはり不安と言えば不安だ。

「この先は何があるんですか？」

「ああ、そうだな。話しておくか」

リキオーは、アネッテとマリアに、これから向かうであろう都市やそこに住む種族の特徴について、歩きながら話すことにした。

この先は、金竜公の支配地域、海人族のテリトリーである。

海人族とは、月齢《げつれい》によって体の仕組みを変えるという、非常に不思議な種族である。

そもそも、この星の月は二つある。

兄月の、アレス。

弟月の、ユウリテ。

いつも赤い月アレスを追うように登ってくるのが、巨大な月ユウリテ。弟月のほうが大きく見えるのは距離が近いため。アレスのほうが周回軌道が遠い。

海人族は、弟月の新月の日、外に出ないのが習わしとなっている。その日、部族の中で先祖帰りした者が海に入っていくからだ。

先祖返りを起こした者は、足がイルカのようになる。そうなった彼らは街を走る水路から海を目指す。なお、翌日には、眷属《けんぞく》を汚すと恐れられるため、魚を食すのはタブーとされている。

とは言っても、こうした月齢の変化を別にすれば、海人族の外見はヒト族と全く変わらない。エルフのように耳が尖っているわけではないし、海に馴染み深いとはいえ指の間に水掻きがあるわけでもない。

この先は運河が発達している。都市群の間を縫うようにして幾つもの水路が走り、そこを通る船が馬車の代わりを務めている。

スタローシェのように小さな陸地が連なっているのと違い、人が住むのに十分な広さの島が幾つもある。水路と水路を跨《また》ぐように、橋が掛けられていた。

とりあえずリキオーたちが目指すのは、ここから最も近いアンバールという都市だ。

そしてその次が、トゥグラ。

ここまでは地方都市で、海人たちの首都はルフィカールという。陸軍ばかりのアルタイラに対して、ルフィカールは海軍が幅を利かしている。

今リキオーたちがいるのは、草原が広がる島の一つだ。

これまでは、すぐ足首まで水に濡れてしまうような不安定な地面で、しかもホールといった恐怖があった。しかしここの地面はそんなことを味わわなくて済む、しっかりと踏みしめられる土の感触だ。頼もしい大地である。

一緒に歩いているカエデが耳を動かす。しかし、その表情は穏やかなので敵ではないのだろう。

とはいえ、シルバニア全土を統一するという野望を持っているアルタイラにとっては、ここも攻略地点だ。

獣人拠点を落とした今、アルタイラの軍兵は刻々と南下しつつあるのだ。警戒しておく必要がある。

しばらく進むと検問所があった。

ハヤテとカエデ、二匹の姿を見せて怯《おび》えられても困るため、リキオーは生活魔法であるシェイプシフターを使って小さくし、それぞれアネッテとマリアに抱かせている。

検問所は、掘っ立て小屋もいいところといった感じだった。その街道の両脇には、村人らしい純朴そうな顔付きの中年の男たちがいた。

リキオーたちは三人ともローブ姿であるし、得物は隠して歩いている。旅人ぐらいには見えているはずだろう。

尤《もっと》も、アルタイラの方向から来る旅人など、不審者以外の何者でもない。そもそもこの辺りには、人家も街道すらもないのだから。

検問所に立つ中年の男が、やや不審げな様子を見せながら問いかけてくる。

「ここへはどんな目的で？　ここは海人の国エルマァアド、その北限の都市アンバールだ」

「俺たちはカメリアから来た。海神様《かいじん》への参詣のために立ち寄った。目的地は、ルフィカールのつもりだ」

カメリアの名前を口にすると、検問所の村人たちが一様にほう、と感嘆したような声を漏らした。

「ほう。スタローシェを越えてきたのかね。それは大変だっただろう」

「ああ、ホールにも何回か遭遇したよ。あれは肝が冷えるな」

「それは災難だったな」

南下してくる人はほとんどいないのだろう。村人はリキオーたちを物珍しそうに見ていた。

特に村人たちの視線はアネッテに向けられていた。海人族の見た目はヒト族と変わらないため、リキオーやマリアは見慣れた顔なのだろうが、アネッテは違う。とはいえ、その眼差しに嫌な色はなかった。

しかし、村人が言ったようにここは海人領の北限。リキオーたちのような冒険者自体、かなり珍しいはずなのに、それほど奇異の目は向けてこない。

街の中心部のほうを見てみると、剣や槍を携えた荒くれ男たちの姿がある。無骨な鎧を着けた恰好は、到底、村人には見えない。

「何かあるのか。物々しい恰好をしてる連中がいるが」

「ああ、この先の村でダンジョンの口が開いてね。トゥグラやルフィカールのほうからも騎士団が出張ってきてるのさ」

「ほう。ダンジョンか」

リキオーたち以外にも訪問者がいたらしい。

ダンジョンについては、以前にも、竜人の里の近くでフィールドタイプのものや、アルタイラ近郊の洞窟タイプのものにも入ったことがあった。

検問所の男は、やや同情するように言う。

「しかし、騎士団が頑張っているからな。冒険者の出る幕はないかもしれないぞ」

「それは残念」

残念とは言ったものの、そんなに気落ちしたわけではない。元より、それほど期待していたわけではなかったからだ。

ダンジョンからの鹵獲品《ろかくひん》は、そこを管理する街や軍の力を増強する。アルタイラに備えて、ぜひ海人国家の兵たちには頑張ってほしいところだ。

リキオーたちを一通り調べたあと、中年の男が言う。

「よし、通っていいぞ。問題を起こさないでくれればありがたい」

「ああ、そのつもりだ。ところで宿屋はあるかな？　ここまで来るのにゆっくりできなかったものでね。少し滞在したいのだが」

「そうか。この通りをしばらく進むと、三軒ほど軒《のき》を連ねている家がある。二階建てだからすぐわかる。名物料理は、最近養殖が始まった珍しいボアだな」

「わかった。ありがとう」

アネッテの膝の上であくびをして暇そうにしていたハヤテは、話が終わったと見るや、ピョンと彼女の膝から飛び下りた。そして検問の先へと走り始める。アネッテはそんなハヤテの様子を見て、クスクスと笑い声を漏らした。

リキオーは、ヤレヤレと呆れながらも、ハヤテに続いて検問を抜けてアンバールの街へと入っていった。カエデも静かに地面に降り立って、マリアの歩幅に合わせて付いてくる。

柔らかい風が運ぶ緑の匂いに、リキオーたちの疲れも癒やされる。

このところ、水辺にばかり縁があったので、ぽかぽかと暖かい陽気と土の匂い、そして緑の気配には安心した。

検問所の人たちに言われた通り、やがて三軒が連なったような造りの二階建ての建物が見えてくる。

　そこでは、鍋を片手に持った恰幅のいい中年の婦人が、衛兵らしき革の鎧を着けた若い男を追い出しているところだった。

「もし、ご婦人。こちらの方か」

　リキオーが声を掛けると、婦人は表情を変えて商売っけたっぷりに微笑んでくる。そうしてリキオーたちを上から下まで眺める。

　どうやら客として合格したらしく、さらに媚《こ》びるように言う。

「なんだい。お客さんかい？　お泊まりなら朝と晩の二食付きで一日、銀貨一枚半だよ。三日いるなら少しはお安くしますよ」

　婦人はどうやら宿の女将《おかみ》らしい。

　アルタイラの、ワニ料理で有名だった麒麟亭《きりんてい》が一日金貨二枚だったことを考えると、地方都市の宿とはいえ、三人と二匹で銀貨一枚半とは破格の安さだ。

「ああ、見ての通り三人と二匹なんだが大丈夫かな」

「よく慣れてるじゃないか。他の客に迷惑を掛けないなら問題ないよ」

　アルタイラでは、ハヤテたちが一緒だということで敬遠されたので、念のため聞いてみたが、問題ないようで助かった。

「とりあえず食事込みで三日ほど頼みます」

「あいよ。あんたァ、お客さんだよ」

宿の女将は、吠えずに足元に佇んでいるハヤテとカエデに優しい眼差しを向けると、宿の入り口から奥に叫んだ。

そうして中へと案内してくれる女将のあとを追って建物に入っていくと、そこは食堂らしく、カウンターの奥が厨房になっていた。

婦人の夫らしいエプロンをした初老の男が、リキオーたちに鍵を差し出して言う。

「そこのドアから裏に回ると井戸があるから、水浴びはそちらで頼むよ。部屋で湯を使いたいなら別に銅貨十枚をいただくよ。部屋は上の突き当たり。外出するときは鍵を預けていってくれ」

「はい」

リキオーの返事を聞いて、隣に立っていた女将がウンウンと頷く。どうやらリキオーたちを気に入ったようでニッコリと微笑んでいた。

木の階段が僅かに上げる軋《きし》みを聞きながら上っていく。

廊下で、輝く銀の鎧を着けた、騎士らしい壮年の男とすれ違う。微かに頷き合って、男の脇を通り過ぎる。そして突き当たりの部屋に入った。

部屋に入って木窓を開くと、外の穏やかな風が吹き込んでくる。風が部屋のやや饐《す》えた空気を洗い流していく。

着ていたローブを脱いで普段着になり、リキオーはぐぐっと両腕を上に伸ばした。そんなリキオーに向かって、アネッテが尋ねる。

「マスター、しばらくここに滞在するんですか？」

「そうだな、アルタイラの追っ手が来る前に距離を稼ぎたい。でも、お前たちも疲れただろう？ここはまだまだ穏やかだ。三日ぐらい羽根を伸ばすには持ってこいだろ」

「ご主人、連中はあれで諦めたんじゃないのか」

マリアに問われたリキオーは、四つ並んだベッドの一つに無造作に腰を下ろす。そしてアルタイラの追っ手のことを考えた。

スタローシェのホールを出たときに襲ってきた者たち。

一度は、ホールに落ちたリキオーたちを諦めたかに思えた。

しかし、彼らは執拗《しつよう》にホールの出口まで追ってきた。結局は倒したものの、彼らがアルタイラの尖兵《せんぺい》であることを考えれば、自分たちにのんびりできる猶予《ゆうよ》はあまりないと言える。

尖兵のあとに本隊がスタローシェを越えてやってくるにしても、それはまだかなり先だと思われる。陣を構えるには向かない土地の事情と、連中がホールに早々に対処できるとは思えないからだ。となればやってくるのは、特殊部隊に準じた少数の精鋭になるのではないか。

本隊かそれとも精鋭か。どちらにせよ気の重い話である。リキオーは考えを纏めた上で、ゆっくりと口を開いた。

「いや、それはないだろう。だが、ここからは海人族の領地だからな。今までのようにおおっぴらにこちらを襲ってくることはないと思うぞ。連中にとってここは敵地だからな」

長閑《のどか》なこの土地が戦場になるかもしれないと考えると憂鬱《ゆううつ》だが、ここにはルフィカールからやってきたダンジョンを調査するための騎士隊が駐留しているという。

あまり派手な行動を取れば、アルタイラの兵たちがぶつかるのは、リキオーではなく彼らになるのだから、大それたことはしてこないだろう。

「ふわああ、俺はちょっと寝る。お前たちも好きにしろ」

「おやすみなさい、マスター」

あくびをしながらラフな格好でベッドに横たわったリキオーに、アネッテが優しく声を掛ける。

アネッテとマリアもローブを脱いで寝支度《ねじたく》を始める。

二人はチラッと彼の寝顔を見ると、ともに笑みを浮かべた。そして部屋の片隅にある衝立《ついたて》の陰に入ると下着になった。

衝立のスクリーンは、風通しの良さそうな粗い網目になっていた。そのため、後ろに立つ人物のシルエットが朧《おぼろ》げながらも垣間見える。それは、逆に想像を逞《たくま》しくする眺めだった。

二人の女性たちが上げる嬌声《きょうせい》に、実は狸寝入《たぬきねい》りしていたリキオーは薄《うっす》らと目を開けた。そして衝立を眺めながら、ウンウンと満足げに頷く。

（やっぱり年頃の女の子と旅する楽しみはこれに尽きるよなあ）

シェイプシフターによってちっちゃくなったままのハヤテが、主の横たわるベッドの端に上がってきた。そうしてリキオーの背中に擦り寄ってきて、スンスンと鼻を鳴らしている。

カエデは、そんなハヤテと主を、隣のベッドからクールな眼差しで見つめていた。

5　海人の国　その2

夕刻、起き出してきたリキオーと他のメンバーは、アルタイラで誂《あつら》えた着心地のいいラフな格好になり、一階の食堂で宿の女将に出された熱いティーを啜《すす》っていた。そして周囲からやたらと視線を浴びて困惑している。

「何なんだ。俺たちは見世物じゃないぞ」

憤慨して声を荒らげるリキオー。

食堂に集まった周囲の連中は、そう言われた瞬間は顔を背《そむ》けるものの、またすぐに視線を向けてくる。中にはリキオーの声など意に介さず、女性陣に食い入るような視線をジトーッと向けている者もいた。

女将は、太い腕を組んでくっくっと笑いながらリキオーに言う。

「仕方ないじゃないか、お客人。あなたがたが魅力的すぎるんだ。中身はともかく、その服がね」

確かに、この辺りの飾りもない簡素な民族衣装に見慣れた目からは、アルタイラで買ってきたファッションは物珍しいのかもしれない。しかし、中身はともかくという言葉にはカチンと来る。が、ここは呑み込む。

リキオーは、クルタと呼ばれるチュニックのような、ゆったりとした上着にズボン。足元はサンダルという姿だった。

アネッテは、昔リキオーに買ってもらったアオザイに似たドレス姿である。

腰の辺りからスリットが深く切れ込まれ、細身のズボンが覗いている。それが、彼女のスタイルの良さを際立たせていた。

背中まである長い髪は、マリアに手伝ってもらったのか、今はアップに纏められていて、リキオーの目にも見違えるような美しさだった。足元のサンダルも、彼女によく似合っていた。

マリアは、裾のゆったりしたワンピースチュニック姿で、裾から伸びた生脚を惜しげもなく晒している。足元は柔らかい布製のシューズ。

特に破壊力抜群なのが、彼女のバスト。

普段は鎧の下に隠されているそれが服の布地を押し上げている眺めは、男なら十人が十人惹きつけられてしまうだろう。

さっきからリキオーが憤慨しているにもかかわらず、男たちの眼差しの先にあるのはマリアの胸だ。ブルネットのショートカット、そして青い瞳も、エキゾチックな色気を醸し出している。

「こりゃあ失敗だったかな」

リキオーを別にすれば、アネッテもマリアもそうした視線には大抵は慣れっこだったが、これほどの執拗な視線には、多少は居心地の悪さを感じているようだ。

リキオーたちにしてみれば、ただリラックスして食事を楽しみたいだけだったのだが、そのラフさが逆に刺激的だったのかもしれない。尤も客たちの視線は、二人の美女にのみ注がれていたのだが。

「ほうらお前さんたち、見惚《みと》れてないで、さっさと片付けておくれ」

女将が声を荒らげると、二人に食い入るように視線を向けていた男たちが、すっかり冷めた料理を一気に掻き込み始める。食堂では女将が神だ。彼女の言《げん》に逆らう者は、以前リキオーたちが目撃した若者のように追い出されるだけだ。

「うちの客が迷惑を掛けたね。お詫びに一品付けさせてもらうよ」

そう言って女将は、豪快なウインクをしてリキオーの背中をバンバンと叩いた。そうして何が楽しいのか、笑いながら奥に引っ込んでいく。

出された料理は、検問の男たちが言っていた、イノシシに似た獣であるワイルドボアの肉だった。肉質が柔らかく量もたっぷりあったので、マリアにも好評だった。ボアのような野生の獣を、本当に飼育・繁殖することに成功したのなら、この地の住人は大したものだとリキオーは思った。

アネッテはその肉の豪快な味に舌鼓《したつづみ》を打ちつつも、添えられた香草の風味の繊細さにも驚いていた。

その土地の料理というのは、リキオーたちのように各地を移動する冒険者に新鮮な驚きを与えてくれる。肉料理に添えられていたこの地方独特の芋のサラダとスープもとても美味く、全員が完食していた。

この場におらず料理を堪能できなかったカエデとハヤテには、あとでシェイプシフターを解いてやってご機嫌を取らなければならないとリキオーは考えるのだった。

＊＊＊

三人とも宿の料理に大満足して部屋に戻ってくると、ちっこいハヤテが飛びついてきた。

そうして彼はクーンクーンと、まるで子犬のように訴えかけてきた。主たちだけで先に食事を済ませたのを知って咎《とが》めているらしい。カエデもいつものように澄ましながらも、チラッチラッと視線を投げかけてくる。

リキオーはその様子にククッと笑い声を上げると、二匹に謝罪した。

「ああ、悪かったよ。今、戻すから」

シェイプシフターの不便なところが一つだけあるなら、こういうところだろう。小さくなっても食事量は変わらないのだ。不思議と胃袋までは小さくすることができないらしい。

とりあえずハヤテの大きさを戻してやると、ミシッと床が軋んだのでリキオーは冷や汗を掻く。何しろ、今では馬車も引けそうな巨体である。ハヤテには悪いが、再び小さくなってもらう。

ハヤテは、ううーっと唸り、リキオーの足首を甘噛みした。

「あっ、こら、いてぇ！　やめなさい。俺はちょっとこいつらに餌やってくるよ」

「はぁい。いってらっしゃい」

アネッテの甘い声に送り出されて、リキオーはハヤテを抱え、さらに背中に飛び乗ってきたカエデとも一緒に宿を飛び出した。女将が怪訝《けげん》な顔をして見ていたが、この際無視する。

リキオーは、宿の裏手の丘の上に人気《ひとけ》のない藪《やぶ》を見つけると、そこに飛び込んで早速二匹を戻してやった。

待ちきれないとばかりに、ハヤテは自分のインベントリからでかいボアの肉を取り出す。そしてガツガツ勢いよく齧《かじ》り始めた。カエデもそこまで浅ましくはないものの、二匹並んで食べ始める。

「あの部屋はお前たちには狭すぎるな。よって別行動な。カエデもいるし、捕まらないと思うが、自重しろよ」

リキオーは、ハヤテの後ろのもふもふした毛を掻き上げてやりながら呟く。

自分たちの食事をぺろりと済ませた二匹はもう機嫌を直したのか、リキオーに頭を擦りつけてくる。

控えめなカエデもしっぽをパタパタと振っていた。黒くしなやかなカエデの背中を撫でながら、リキオーは彼女にハヤテのことを頼み込んだ。

「何かあったら報告してくれ。何もなくてもな」

了承という風に目を細めるカエデ。

彼女にリキオーが頷きかけるや否や、ハヤテはもう水を得た魚のように駆け出す。そして後ろを振り返って、カエデに早く行こうと盛んにしっぽを振る。

ハヤテを追うようにしてカエデも軽やかな足取りで駆け出す。

そんな二匹に苦笑しながら、リキオーは彼らを送り出した。そして夜の空気を楽しみ、宿に戻ってきた。

リキオーが部屋に入ると、女性陣はもう夜着に着替えていた。なお二人は、いつもよりも一層セクシーな装いだ。アネッテは結い上げていた髪を下ろしている。

「マスター、ハヤテさんたちは別行動なんですか」

「まあな。さっき床が軋んだとき冷や汗を掻いたからな。カエデが一緒だし問題ないだろう」

やんちゃなハヤテと対照的に、カエデは落ち着きがある。彼女に対する信頼度は抜群だ。

リキオーが中央のベッドに背中を預けると、アネッテとマリアは左右から嬉しそうな顔をして寄り添ってくる。

二人のリキオーを慕う気持ちの重さなんて、鈍感なリキオーは知っていようはずもない。それゆえに、リキオーは二人を自分のほうに引き寄せて、鼻の下を伸ばしている。

とはいえ、そんなご主人様が二人とも大好きだ。だから二人にとっては、彼の腕の中はこの世で一番、居心地のよい場所なのだ。

アネッテとマリアは姉妹。

血も種族も髪の色も違う姉妹。

ともに支え合ってきた、二人だけの姉妹。

だけど女だから、相手もそれを求めたから、その相手を好きになってしまった。それも当然のことだ。

二人が愛するのは、同じ男。

だから、二人一緒にいるときは一時休戦だ。

今夜は二人にとって、刺激的な夜になりそうだ。

＊＊＊

翌日、昨夜の夕食の件もあったため、全員、地味なローブ姿だ。

食堂での朝のメニューはサラダがたっぷりで、アネッテには好評だった。しかしアネッテとは対照的に、リキオーとマリアにとってはそうでもない。二人の木のフォークの動きはスローだ。

食堂には昨夜飲みすぎた男たちもいたが、彼らもリキオーたち同様に超スロースピードで皿と格闘しているのが見える。

「なんだい、いい男が台無しだよ。さっさと食っちまいな！」

宿の女将がフライパンを手に、鋭い視線を向けてくる。すると、恐ろしくてみんな皿に口を付けて掻き込み始める。パンとスープもすべて綺麗に平らげて完食だ。

女将は「フン」とため息を吐いたものの、満足したように厨房へ引っ込んでいった。

リキオーたちが食後のティーを楽しんでいると、昨日、部屋に入るときにすれ違った壮年の騎士が彼らのテーブルの端に腰掛けてきた。

昨日の白銀の立派な鎧は着けておらず、今はリキオーたちと同様にローブ姿だ。その厳《いか》つい顔立ちと力強い手の筋肉の付き方からして、彼が軍隊出身なのは見て取れた。

壮年の騎士がリキオーに話しかけてくる。

「ご歓談のところ申し訳ない。君たちはスタローシェ、さらに言えばカメリアから来たと検問で聞いたのだが、間違いないかな」

「ええ、その通りです」

「うむ。あの地方の特性上、カメリアやアルタイラの情報は……」

「ちょっと待った。あなたは誰ですか。それとその話は、ここでするにはデリケートすぎます」

男は肩越しに振り返り、食堂にいる他の客たちが耳をそばだてているのを確認すると、肩を竦めた。

「そうだな。私が迂闊《うかつ》だったな。ではまた次の機会に改めよう。失礼した」

男は頷くように詫びると、席を立って食堂を出ていった。アネッテは身を乗り出してリキオーに何か言いさして、一言だけ呟いた。

「マスター」

「うん、厄介事が向こうから来た感じがするね」

リキオーは茶を啜りながら、さて、どうしたもんだかとのんびりと考えていた。

＊＊＊

その頃、ハヤテは長閑《のどか》な光景の野山を駆け抜けていた。

隣にはカエデが伴走している。

リキオーたちがいる街の境界を越えて、時折スキルを使い加速する。

疾風《ハヤテ》の名にふさわしい速度だ。

その速度に付いてこられるのは、この世界では今伴走しているカエデしかいない。とはいえ、カエデもさすがにハヤテの加速には耐えられず、影の中に入ることでどうにか付いていけた。

そうする中で、ハヤテは強い魔物の気配を感じ取った。それに惹かれるように足を止めると、再び強い確信を持って駆け出していった。

騎士たちは互いの背中を守るように、外に向かって円陣を組んでいる。

ダンジョンから溢《あふ》れた魔物。それは見たこともないものばかりで、悪夢から抜け出てきたかのような姿形をしていた。

最初の報告では、大地に口が開いたと、それだけ。

確認のために派遣された部隊も消息を絶ち、騎士団の派遣が急遽《きゅうきょ》決まった。

だが、派遣された騎士団は事態を侮《あなど》っていた。

ダンジョンから現れた魔物は、彼らの予想を遥かに上回る強さだったのだ。

「隊列を崩すな！　ヴァルデマル卿《きょう》がきっと増援を連れてきてくださる。それまでは死守するんだ。我らのあとはもう街ぞ」

「ハッ」

隊長が魔物に食われ、副隊長コマーレンに指揮権が委譲されたものの、すでに部隊の半分は魔獣たちに引き裂かれ、今いるのは僅かに十名ばかりだ。

ここを破られれば、街で犠牲者が出るのは必定《ひつじょう》。

決死の覚悟で部下を鼓舞するものの、コマーレン自身にも明明白白《めいめいはくはく》だった。目の前の強大な魔獣を前にして、自分の命も風前の灯《ともしび》であるということは。

（誰でもいい、頼む誰か！）

絶望に暮れる副隊長は奇跡を願った。

たとえ自分たちが倒れることがあっても、街の力ない人々を守れる力を。

そのとき。

どこからか、力強い足音が近づいて来るのを感じた。

そして、遠吠えだ。


ウオッウオォォオン。


また魔獣が死を形にして現れたのか。

だが現れたのは、まるで神の使いのような白い獣と、それに付き従う黒い獣。

それは閃光の如《ごと》く登場し、たった一撃で、騎士団を壊滅寸前に追い込んだ魔獣を屠った。そして、すぐに取って返し、ダッダッと駆け抜けていく。

「副隊長、あ、あれは……」

「……」

その後、森のそこかしこで獣の悲鳴が聞こえてくる。

しかし、すぐに沈静化して、ダンジョンが見つかった穴の周りから、邪悪な気配が消え去っていった。

それをやってのけた白い獣は、リキオーに言われた「自重」という言葉をすっかり忘れている、ハヤテだった。

その後、出動を要請されたヴァルデマルの騎士団が到着する。

しかし、すでに戦闘は収まったらしく、残った騎士たちが犠牲者の後始末をしていた。累々《るいるい》と並べられ、布の被せられた遺体の数々。やってきた騎士たちはそれを見て、ため息を漏らした。

掛けられた布の端から覗く足。騎士団のものだけでなく、装備の粗末な民間人上がりの兵士のものも多数あった。

ヴァルデマルが、後始末の指揮を執っていたコマーレンに問いかける。

「コマーレン副隊長、これはいったいどういうことだ」

「はッ、我々は、エイムロズ第三守備隊のあとを追って、昨日の昼過ぎに到着いたしました。その頃にはすでに予備隊は全滅。我々、ジャイロ隊長麾下《きか》騎士団もすぐに戦闘に参加。しかし、隊長は部下を庇《かば》って戦死されました」

今作戦の犠牲となった守備隊は軍の末席にあるものの、予備役もいいところで、普段は傭兵や冒険者をしている者も多い。まともな装備もなく兵装もバラバラ。騎士団でさえ手こずる魔獣相手では、ひとたまりもなかったのだろう。

混乱の最中《さなか》、残った騎士たちは死にもの狂いだったはずだ。

引き継ぎする間もなく、襲ってくる相手。

相手の脅威度もわからない。

騎士たちは、守備隊と違い常備軍である。そのため厳しい戦闘訓練を連日のように行っている。

それでも今回の脅威はそれ以上だったのだ。

「それで、貴君らはどうやって生き残った」

「ハッ、それが……僅かに残った我々も死を覚悟していました。そこに白い聖獣がやってきたのです」

「聖獣だと？　それは何かの例えか？」

尋問するヴァルデマルは戸惑いを隠しきれなかった。コマーレンの弁が誇張にせよ、確かに彼らは救われたのだ。

何者かによって。

複数の証言から、その聖獣とやらが野生の獣ではなく、アクセサリーらしきものを装備していたこともわかった。

つまり、誰かに飼われているのは確かだ。

飼っていたのは何者か、それが問題だ。

聖獣なんて存在は端《はな》から信じていない。それを行使する者の目的は？

結局、答えの出ないまま、ヴァルデマルは任務を引き継ぎ、そのままダンジョンの護衛の任に就くのだった。

6　情報の価値

翌朝、リキオーたちの部屋がノックされる。

リキオーは、すでに何かしらのアポイントメントがあることを予期していたため、戦闘装備の上にローブを羽織って待機していた。

「失礼、リキオー殿と冒険者パーティ銀狼団の部屋で相違ないか」

そう言って訪《おとな》いを告げたのは、騎士の鎧の上から豪奢《ごうしゃ》なローブを羽織った男だ。若く精悍《せいかん》な顔付きは鋭くも真面目そうで、まるで真っ直ぐな剣のようだ。先日、宿の食堂で声を掛けてきた、あの壮年の男性ではない。

「ああ、その通りです。で、何の用ですか」

「私はアナトリーという。さるお方の使いで参った。貴殿らにはその御方のお屋敷にご足労願いたい」

「これからですか」

「そちらの都合が良ければすぐにでも」

リキオーはアネッテとマリアに頷いて、そしてアナトリーという騎士に向き直り、また頷いた。

「行きましょう。こちらの準備はすでにできていますので」

「では、お連れする。表に馬車を用意している」

元よりそのつもりで待機していたので、リキオー、アネッテ、マリアは、迷うことなく連れ立って騎士のあとから部屋を出た。そして宿の女将に挨拶して宿の表に出る。

食堂の常連の飲んべえも、いつもは厨房に籠《こも》っている主人も出てきて、リキオーたちが馬車に乗り込むところを見送った。

馬車は囚人を護送するようなものではなく、造りからして立派なものだった。乗っている騎士にも見合っている。

実際に走り始めても、乗り心地は悪くない。

勿論《もちろん》、リキオーがかつて作ったサスペンション式の馬車ほど快適ではないが、座っている部分の素材がいいのか、下からの突き上げがない。マリアも不思議そうに太ももの下を探っていた。

ちなみに馬車の中は四人掛けになっており、乗っているのはリキオーたちだけ。迎えに来た騎士は、御者台に腰掛けた。席では、リキオーと不機嫌そうなアネッテが向かい合っていて、マリアが主の腕を取って楽しそうにしている。

今までぬかるみばかりの不安定な土地だったので、馬車の揺れさえも心地よい振動に感じてしまう。

窓の外には緑の景色が見え、気持ちのいい風が入ってくる。スタローシェの湿度の高い肌に絡みつくような空気とは違う。

坂を上がる馬車のスピードは、どうにか徒歩より早いという程度でゆっくりだった。

やがて馬車は、小高い丘の上に建った邸宅の前に停車した。

馬車の前には、黒い燕尾服《えんびふく》を着た、白髪のガタイのいい執事が佇《たたず》んでいて、馬車のドアを開けてくれる。

「ようこそいらっしゃいました。主が中でお待ちです。どうぞ、ごゆるりとお過ごしください」

「ボーリス。こちらの方々は確かにあの方の客だが、冒険者だ。歓待すべき相手でもない」

「左様《さよう》ですか。ですが、主からは気持ちよく過ごしていただけるようにもてなせ、と仰《おお》せつかっております。それに、見目麗《みめうるわ》しい女性の方々がいるとなれば、たとえ冒険者であろうとも、精一杯のおもてなしをさせていただきとうございます」

リキオーは、自分が何のために呼ばれたのかわからなくなり始めていたが、ボーリスがアネッテとマリアに対して歓待するような態度を見せたことに、少し気分を良くした。

彼女たちも顔を見合わせて、はにかんだような微笑みを浮かべた。そういう待遇を受けることは満更でもないらしい。

アナトリーは、この執事とこうしたやり取りをいつものようにしているらしく、フゥとため息を吐いた。そうしてリキオーたちが執事のあとに付いて屋敷の中を進んでいくのを見送る。

「こちらでお待ちください」

通されたのは屋敷の二階で、趣味の良い白いテーブルと洒落たデザインの椅子のある客間だった。執事が出ていくのと入れ替わりで、クラシックなメイドの装いをした女性が茶器のカートを運んできた。そして三人の前にティーセットを配置し、紅茶を淹《い》れ始める。

「これは……素晴らしいものだな」

「ええ。茶葉も上等なものを使っているけれど、淹れ方が洗練されているわ」

マリアはカップに口を付け、目を瞠《みは》って感動しているようだ。アネッテも同様に驚き、賛辞の言葉を口にした。

普段はがさつなので忘れがちだが、マリアも元は貴族だ。こういった繊細な茶の味などにも造詣《ぞうけい》が深い。

パーティの料理番であるアネッテも、モンド大陸にある貴族御用達《ごようたし》のシェラザードホテルのメイドと懇意にしていたので茶には煩《うるさ》いのだ。

「ありがとうございます。お客様方のお気に召していただけたようで何よりです」

リキオーは紅茶の味などチンプンカンプンだが、アネッテとマリアはその味に夢中になっていた。アネッテとマリアは楽しそうにメイドと話をしている。

するとそこへ、ドアが軽くノックされた。そして略装の軍服を着た人物が入ってくる。先日、宿でリキオーたちに問いかけてきた壮年の騎士だ。

「やあ、うちの紅茶の味がわかるとはなかなかの傑物《けつぶつ》のようだな、君のパーティメンバーは。ノンナ、私にも一杯頼む」

「はい」

リキオーが挨拶するために席を立とうとすると、騎士は手で押し留める。そして自分も空いた席に無造作に腰掛けた。

ノンナと呼ばれたメイドは主の彼に対してもアネッテたちと変わらぬ態度で、少しも慌てた様子も見せずに優雅に茶を淹れた。

その男がティーカップから漂う馥郁《ふくいく》たる紅茶の香りに満足げに頷くと、ノンナは部屋をあとにしていった。

「さて、リラックスしたところで本題に入ろう。私はこの屋敷の主で、この辺りの領主もしているヴァルデマルという。一応貴族の端くれでね」

肩を竦めた動作も堂に入ったものだ。仕草《しぐさ》の一つひとつに高い教養を感じさせる。

「君たちをここに呼んだのは、昨日も少し話をした件についてだ。この国の北部、有り体《てい》に言えば、アルタイラの情報だ……続けていいかね？」

「ええ……どうぞ」

ヴァルデマルは両手を組むと、前に乗り出すようにしながら声を紡ぎ始めた。

「アルタイラがヒト族至高を掲げ、シルバニア大陸の覇権を握ろうという野望を抱いているのは知っている。そして近年、獣人国家カメリアと戦争を始め、獣人たちの旗色が悪いということも聞き及んでいる」

「ほう」

リキオーは感心したように、思わず声を漏らしてしまった。

ヴァルデマルの話しぶりからは、遥か彼方《かなた》の情報を的確に掴んでいることが窺《うかが》えた。

リキオーたちのようにワープ魔法、あるいはそれに似た移動手段でもないと、情報を掴むことは難しいはず。この世界の情報伝達方法を考えると、彼がそこまで掴んでいるのは奇妙だ。

「だが、ここに来て状況が少し変わった。君たちのことだよ。先ほどまでのことは掴んでいたのだが、何か大きく事態が動いたのは間違いない、と睨んでいる」

「まあ――そうでしょうね。私たちはヒトとエルフですからね。獣人国家にいるはずのない」

「そうだ。何が起きた？」

ヴァルデマルは眼光厳しく、のほほんとしたリキオーを見つめる。

リキオーはその眼差しから何かを感じ取り、とても言い逃れができそうにないとも思った。リキオーは慎重に尋ねる。

「その前に一つ確認しておきたいのですが、情報の如何《いかん》によって私たちの待遇に何か変化があるのでしょうか？」

ヴァルデマルは、フウとため息を吐いた。そして組んでいた手を解《ほど》いて肩の力を抜いたが、その眼力は変わらない。

一旦リラックスしたようでいて、核心を話すのだろうか、むしろ体全体に緊張感を滲《にじ》ませているようにも見える。目の前の冒険者の実力を推し量《はか》ろうとするかのようだ。

「そうだな。君たちのもたらす情報が重大である場合、悪いが、君たちの自由を奪わせてもらうかもしれない」

にわかに暗雲が立ち込めそうな雰囲気となる。一気に気色《けしき》ばむ一行。

ローブの裾を払い、マリアは剣の柄に手を掛ける。

リキオーたちの纏う雰囲気が変わったのを見て、ヴァルデマルは手を払う仕草をした。

「やめておけ。ここで事を荒立てても、冒険者の君たちに何の利もないぞ」

「どうかな。俺たちも結構、修羅場をくぐってきたのでね。あんたを人質にしてこの場を抜けようと思えばできると確信している」

リキオーは、自分たちの戦闘の経験値の高さもあって、仮にそういうことになっても切り抜けられる可能性は高いと考えていた。

しかし、相手はどうやらこの国の特権階級に位置する存在に思える。これまでの態度から見ても、相当な実力者であるのは確かだろう。

まして、リキオーたちには彼らと刃を交える理由はない。ここはまだ距離はあるものの金竜の支配する地域だ。

逆に考えると、ヴァルデマルに取り入ることができれば、この地域での活動が楽になるかもしれない。リキオーは告げる。

「フゥ、マリア。抑えろ――いいだろう。話を聞かせてやる。煮るなり焼くなり好きにしろ」

「ご主人！」

マリアが立ち上がろうとするのをリキオーが宥《なだ》める。アネッテは、そんな主を冷静な視線で見つめ、握っていた手を解《ほど》いた。

「俺たちの敵はこいつらじゃない。ここで争っても一文の得にもならないしな」

「立場上、ありがとうと言っておくよ」

ヴァルデマルがリキオーの対応を面白そうに眺めながら呟く。リキオーは大したことじゃないという風に肩を竦めた。

「それでは話を聞かせてもらおうか」

「ああ」

リキオーは頷くと、彼らの体験したアルタイラとの戦争、獣人国家カメリアがどうなっていったかについて淡々と話した。

ヴァルデマルは、リキオーの話す内容に冷や汗を掻いていたが、一言も聞き逃すまいと緊張した面持ちで耳を傾けていた。

7　海人の都へ

　リキオーから、アルタイラと獣人国家カメリアとの戦争の行末《ゆくすえ》を聞いたヴァルデマルは、苦渋《くじゅう》を滲《にじ》ませた難しい顔をしていた。

　獣人国家カメリアが落ちたという事実は、彼にとってかなりの衝撃だったようだ。

　それはそうだろう。今はスタローシェと、そこで発生するホールという自然現象のおかげで戦火はここまで及んでいないが、アルタイラがそんな自然現象程度で進軍を諦めるとは思えない。

　そう、ここはもう対アルタイラの最前線なのだ。

「すまない。どうやら君たちを自由にしておくわけにはいかなくなったようだ」

「やはりな」

　ヴァルデマルは、リキオーの落ち着いた反応に少し驚いて眉を跳ね上げた。

「驚いていないようだな。先ほどの君の態度から、違う反応をするという感触を得ていたが」

「結局のところ、俺たちの目的はルフィカールの先だからな。それに今はまだこの辺りじゃ俺たち冒険者の出番なんかないし。まあ、自由を奪うという程度なら観光くらいはできるんだろ？　ゆっくりするのも悪くない」

この街に来るまでがかなり大変だったので、その骨休めにはもってこいだと、リキオーは考えたのだ。

「そういえば君たちの目的を聞いてなかったな。何か特別なものがあるのか？」

「——話半分に聞いてくれ。金竜様にお目通りすることさ」

リキオーはそう言って茶目っ気たっぷりにウインクする。ヴァルデマルは冗談とは取らずに「ほう」と言って頷いた。

だいたいこの手の話をすると、大抵の人物は法螺《ほら》話だと思ってヘラヘラ笑いだすか、あるいは頭がおかしくなった、とでもいうように可哀想な者を見る目を向け始める。しかし、彼の反応はそのどれでもなかったので、リキオーは内心「できるな」と感心した。

「それならルフィカールに行くというのも納得だな。だが金竜様がいるというリュウグウに渡ることはできんぞ」

突然の新情報に、アネッテもマリアもリキオーも、思わずヴァルデマルを注視してしまう。そのあと気恥ずかしさを誤魔化すように、わざとらしく咳を立てる女性陣。しかし、リキオーは一人、ヴァルデマルを見つめたままだった。

「なぜだ？」

「リュウグウに渡るには中海を越えねばならぬ。中海は魚鱗《ぎょりん》族が支配していてな。ルフィカールからリュウグウに渡ろうとする船は、ことごとく沈められるのだ」

今までも一方《ひとかた》ならぬ苦労を経てなんとかここまでやってきたので、そう言われてもリキオーは楽観的に考えていた。とはいえ一応「ふぅむ」と唸り、顎を押さえて少し考え込む。

リキオーの視界の片隅に、マリアがぐっと拳を握り込み、唇の端を歪《ゆが》めたのが映った。

大方、マリアは船に乗らなくて済みそうだと内心で快哉《かいさい》を叫んだのだろう。リキオーは倦怠感《けんたいかん》に囚われて、ハーッと長いため息を吐き出した。

「まあいいさ、その辺は何か手段を考える。それに、俺たちの扱いはそこまで悪くないんだろう？」

「うむ。我らも情報の確定をせねばならぬしな。その間、貴公らは私の客として待遇させてもらう。それに、ルフィカールまでの馬車もこちらで用意させよう」

次から次へと話が決まっていくことにリキオーは唖然《あぜん》としながらも、それも当然かと思い直す。泊まっていた宿で初めてヴァルデマルを見かけたときから、彼は大物の風格を漂わせていた。これくらいの決定権は持っていて当たり前なのだろう。

「……しかし、最初に聞いてたのと全く話が違うな」

「まあな。いきなり自由を奪うという話を持ち出させてもらったが、ああいう対応をしてしまうのも仕方がなかったのだ。それほどまでにここの周辺の状況は油断ならないのだから」

ヴァルデマルは、当初見せていた強硬な態度を随分と軟化させていた。というのも、次のように考えたからだ。

リキオーたちは、彼らが今まで知りようもなかった遥か遠くの出来事を体験してきたのだ。そのため重要人物である一方、危険な存在とも言えた。彼らの証言が流布《るふ》されれば、パニックが起きるのは必定だ。

だが、リキオーたちとは友好的に話を進めることもできそうだ。面倒を起こすというわけでもない。むしろ情理《じょうり》を尽くせば応えてくれる分、対応は楽だ。それは依頼と報酬で動く冒険者という存在ゆえということだろう。

「しばらくは不自由になると思うが、何か入り用があればメイドのノンナか、執事のボーリスに言いつけてくれ」

「ここでその、軟禁されるのか？」

「いや、これから……君たちの準備が良ければ王都ルフィカールに向かう。この屋敷は私の知人の持ち物でね。本宅はルフィカールにある。それまでに何か必要があれば、それなりの地位の人物も紹介できるから、なんなりと言ってくれ」

「ああ、特に準備とかはいらないが、宿の払いがまだでね。それと移動するなら、仲間を呼び寄せても構わないかな？」

「宿の払いはこちらで持とう。その仲間とやらはどういう人物かね？」

リキオーはヴァルデマルの質問には答えず、無言のまま部屋の窓側の扉を開けた。そしてそのまま中庭のベランダへと進む。

アネッテ、マリア、そしてヴァルデマルもリキオーのあとについて中庭に出た。

そこには、椅子と机が置かれており、美しい花々が咲き乱れて穏やかな居心地のいい雰囲気となっていた。

リキオーはそれほど大声でないが、手を口に当てて「はーやーてー、かーえーでー」と敷地の外に向かって呼びかけた。

すると、ダッダッと音がしてきて、何か大きな存在が駆け寄ってくるような気配がぐんぐん近づく。

ヴァルデマルが緊張を漂わせるが、リキオーは泰然《たいぜん》と立ち尽くしているばかりだ。しばらくすると、二匹の白と黒の獣が宙を駆け、ベランダに音もなく舞い降りてきた。

「なっ！」

それぞれが、馬を軽く凌駕《りょうが》する体格である。

白い獣は見事な鬣《たてがみ》を貯《たくわ》え、それとは対象的に、黒い獣は艶《つや》やかに輝くしなやかな毛を優美に見せていた。

見れば、二匹は首元にアクセサリーを付けている。知性を感じさせる瞳からも、それらは野良《のら》の獣ではないことは明白だ。

ヴァルデマルはさっきまでの緊張も忘れて、剣を抜くこともできず二匹に見惚れていた。

その間に二匹は、ゴロゴロと喉を鳴らしてリキオーに擦り寄った。そうして彼が回した腕に首を抱えられ、二匹は甘えかかる。黒いほうは白い獣ほど相好《そうごう》を崩す感じではないが、リキオーの愛撫《あいぶ》に目を細めて気持ちよさそうにしている。リキオーと二匹の獣の親密さが見て取れた。

そんな光景を見ながら、ヴァルデマルはふと思い出した。先のダンジョンの口から溢れた魔獣を倒し、騎士たちを助けたという聖獣の話を。

「そうか、貴公が飼い主だったのか。部下の命を助けてくれてありがとう」

「ん？　何の話だ」

リキオーが首を傾《かし》げていると、カエデがアネッテのもとにしずしずと歩いていき、アネッテの細い手に首筋を撫でられるに任せながら、何かを告げた。

アネッテがクスクスと楽しげに微笑む。アネッテは精霊術師が持つスキル【精霊語翻訳】によって、ハヤテやカエデと人と話すように意思疎通ができる。

「ハヤテさん、何やらこの近くの森で暴れたらしいですよ」

「あん？　ハヤテ、お前、自重しろって言ったろうが」

リキオーがハヤテを睨むと、ハヤテはバツが悪そうな顔をしてその場から逃げようとした。が、リキオーにしっぽを握られて、ヒャウンと情けない鳴き声を上げる。それを見たアネッテとマリアが、クスクスとおかしそうに笑った。

ヴァルデマルは、現れた二匹が確かに彼らの仲間なのは間違いないと確信して告げる。

「いや、ハヤテ殿と言ったか。ハヤテ殿には部下がだいぶ世話になったようなのだ。絶命の危機を救っていただいた。貴公、どうか寛大に取り計らってほしい」

「ふうん。まあ、あんたがそう言うなら、そうしておくか」

リキオーがギュッと握りしめていたハヤテのしっぽを放す。

ハヤテは主の言葉に、たった今までしょげ返っていたのが嘘のように、自由になったしっぽをブンブンと振って、ふさふさの毛を主に擦り寄せた。

ハヤテの変わり身の早さに、その場にいる誰もが笑顔にさせられてしまった。他人であるヴァルデマルでさえも、その厳《いか》つい顔に笑い皺《じわ》を刻んでいるのだった。

8　渡界者《とかいしゃ》の作った街

リキオーたち銀狼団の一行は、海人たちの王都ルフィカールに向けて、貴族ヴァルデマルの用意した豪勢な馬車に揺られていた。

ヴァルデマルの前で呼び寄せたハヤテたちだったが、主に容量の問題で小さくなってもらっている。あまりおおっぴらにするのも憚《はばか》られたものの、面倒なので彼の前でハヤテたちにシェイプシフターを掛けてみせるとやはり驚かれた。

戦士職であるリキオーが魔法を、それも見たことのない効果の魔法を使ったのだ。そんなものを見せられれば驚くのも仕方がない。

いったい何を使ったのかとヴァルデマルに問い詰められたものの、リキオーは企業秘密で押し通した。ちなみに、ヴァルデマルも、別の馬車に乗り一緒に向かうとのことだった。

馬車で進みながら彼らは、窓の外に見える広大な畑に目を奪われていた。

「凄いな、この眺めは。俺の故郷も少し田舎《いなか》に行けばこんなところだったからな。懐かしいな」

リキオーが景色に感動しているのを、アネッテは不思議な眼差しで見つめていた。一方マリアは、主の言う故郷に思いを馳せた。

リキオーの故郷は一応都市だったが、少し中心を離れれば、今見ているような収穫間近の畑が一面に広がる黄金色の景色だった。尤もそれも、彼が幼い頃の話。彼が大きくなる頃には、すぐにコンクリート造りの野菜工場に変わってしまった。

馬車はゆったりとした勾配《こうばい》を上り、また下りていく。

それを繰り返して穀倉地帯を抜けると、巨大な壁に囲まれたトゥグラの都市部へと滑り込んでいった。

さすがは貴族の馬車だけあって、都市部の検問でも一切、停止させられることがない。

厚い壁の中には、びっしりとビルディングが建っていた。今まで見た建物よりも洗練された建築物で、リキオーの目にはそれが奇異に映った。

何せ、モンド大陸からシルバニア大陸へとやってくる間に見た村も街も王都も、これほどの建築技術を持っていなかったのだ。

あのアルタイラだってそうだったのだ。アルタイラで見た高層建築物は、教会を別にするとせいぜいが僧房の三階造りがいいところで、大抵の家は二階が限界だった。

だがこのトゥグラで、街の中心部を走る広い道の両側に続くビルの階数は、五階とか六階がほとんど。それが通りに沿って延々と連なっている。

アネッテとマリアも唖然として見上げている。空が狭いなんてことが今まであっただろうか。

「マスター……」

「ああ。凄いな」

リキオーは窓の外を見ている二人と向かい合いながら、抱えたちっこいハヤテが腕の中で暴れるのを宥め、ふかふかのシートに背を沈めて、そして一人、ここではないどこかを見つめていた。

＊＊＊

やがて馬車は通りを十越えた辺りで、大きな木でできた門を潜った。そして、色とりどりの花が咲き誇る庭の入り口で停車した。

馬車のドアを外側から開けたのは、あの屋敷で会った老執事ボーリスだった。

「え」

「いらっしゃいませ。お嬢様方」

マリアが胡乱《うろん》な顔をして、アネッテが一声上げて硬直している中、ボーリスはきっかり斜め四十五度でお辞儀をして、あとに並ぶメイドたちの先頭に立ち、リキオーたちを出迎えた。

リキオーが老執事に案内されて一行が通された部屋には、ノンナと呼ばれていた美味いお茶を出してくれたメイドがいた。

「いらっしゃいませ、皆様」

「やっぱり、あなたも一緒だったのね」

硬直から解けたアネッテが、落ち着きを取り戻して告げた。

「はい、公爵閣下のおわす所が私の仕事場ですので。こちらの建物は公爵の私邸の一つです。皆様は馬車での疲れをここで数日過ごされて癒やされたあと、ルフィカールに向かいます」

「あのう、滞在中に街を見て回っても構いませんか？」

「はい。閣下からもその点確認をしております。ただ、申し訳ないのですが、どなたかお一人は、こちらに残っていただかなくてはなりません」

「なるほど。わかりました。そうですよね」

それはそうだろう。全員が抜け出して帰ってこなかったら、彼らの責任問題だ。

とはいえ、一応、お許しが出たということで街の観光に出ることにしたいが……問題は組み合わせだろう。三人の内で一人は確実に残らなければならないが、リキオーが一人残るという選択肢は論外だ。

というのも、他の二人、アネッテもマリアもそんなことは望んではいない。二人がともに望むのは、ご主人様とのラブラブデートだからだ。

「おーい、お前たち。どっちかに決めないと置いていくからな」

「まっ待ってください。仕方ないわ、マリア、いくわよ」

「おう、姉様！」

二人はじゃんけんで決めるようだ。

バッバッと片手を出したが、面白い手の形だ。

いわゆるグーチョキパーでなく、人差し指を突き出し先を鉤《かぎ》型に曲げていて、これがチョキらしい。パーはパーのまま広げた形だ。グーも同じ。

「シッケッパッ」

「カッチェッラッ」

二人の言い方が、微妙に違うのが面白い。

リキオーの生まれた地方では「ちっけった」という言い方だった。

ともかく勝負はついたらしい。五回勝負の結果、三対二でアネッテが勝ったようだ。

アネッテは「やったー」と両手を掲げて喜んでいる。対してがっくりと肩を下ろして打ちひしがれているマリア。

「うう。ご主人」

「決着がついたんだろ？　諦めろ。まだ数日はここにいるみたいだからな。次もあるだろ」

「絶対だぞ！」

アネッテは満面の笑みを浮かべてリキオーの腕に自分の腕を絡みつかせ、体を擦り寄せる。リキオーも鼻の下を伸ばしている。

仲睦《なかむつ》まじく歩き出した二人の様子に、マリアがいつまでも怨嗟《えんさ》の声を上げていた。


リキオーたちが最初に向かったのは、馬車から見えたマンションのような構造物だ。

だが、二人は通りまで出てもっと驚くものと出会った。馬車ではない。馬など、そうした牽引《けんいん》する動物のいない、電車だ。

「マスター、あ、あれは何ですか」

「ああ、間違いない。電車だな。俺も驚いたよ」

そんな驚くべき光景を目にしながらリキオーは、彼らがアルタイラで冒険者稼業をしていたときのことを思い出した。ワラドが仕切っている鉱山に灯っていたカンテラに使われていた照明は電気だったのだ。

それと関連して、過去に渡界者がこの世界に来ていたと、水竜イェニーに聞かされたこともふと思い出した。

「ようこそ、渡界者が作った街、トゥグラへ」

不意に、電車を見ていたリキオーたちに、声が掛けられる。

振り向くとそこには、眼鏡を掛け青い髪をした長髪の男がいた。

「ん？　あなたは？」

「失礼しました。あなた方が公爵のお屋敷から出てくるのが見えましたので。私はダヴィットと申します。この街の歴史を調査している研究者です」

「この街は……誰が作ったって？」

リキオーは一応、知らない振りをする。

渡界者とは別の世界からやってきた者を意味する。一般にはその存在はおおっぴらにされていない。目の前の男がどれだけの知識を有しているのかは不明だ。

「あなたもそうだと思ったのですが。違いましたか？　渡界者、世界の扉を抜けて別の世界から渡ってきた者たちのことをそう呼ぶとか」

ダヴィットと名乗った男は眼鏡の縁を押さえながら言った。

「君がどこの研究者か知らないが、こんな道の真ん中で気軽に話せる内容ではないと思うがな」

リキオーは彼の物言いに危険な匂いを感じ、アネッテの腕を取って踵《きびす》を返した。

「あっ、ちょっと待っ――」

ダヴィットは引き留めようとしたものの思い留まったらしく、それ以上、リキオーを追ってはこなかった。

アネッテは後ろをチラチラと振り返りながら、リキオーに引っ張られていく。

「マスター、いいんですか？　あの人」

「ああ。いいんだ。多分、俺の見てくれで判断したんだろうが、街中でしていい話じゃない。それに、面白い話も聞かせてくれたからな」

彼が最初に言った言葉。

この街は、渡界者が築いたという。

だが、渡界者がこの世界の人たちに協力して技術を提供したならば、危惧すべきことがある。

かつてリキオーも彼の持つ知識をこの世界に転用して、馬車の改造や手漕《てこ》ぎポンプ、自動沸かし機能付きの風呂などで大儲けした。

そのときリキオーは思ったのだ。

自分たち現代日本人なら当たり前に持つ、取るに足らない知識も、この世界にとっては非常に大きな意味がある。そのために、どこまで、どのレベルまでなら提供しても大丈夫かを慎重に考慮する必要があると。

例えば戦争の技術・知識など。リキオー自身はそんなに詳しくないが、それでも一般的な知識は持ち合わせている。

戦法あるいは、飛行機や船の推進機などの科学技術は、それを再現できなくても、ヒントを与えただけで、大きく世界の有り様を変える可能性がある。

この世界の人々は、その思考に大きく枷《かせ》が掛けられている。それはイェニーから知らされたことで、彼女はリキオーに世界の変遷《へんせん》をこう告げていた。

『かつてこの世界は二度滅んだ。進みすぎた知識ゆえにな。一度目は進みすぎた科学のために。二度目は進みすぎた魔法のために』


人々に設けられた枷も、神の施したものだ。

世界がまた滅びるのを避けるために。

だからリキオーも、そうした技術・知識を秘匿し、公開しないように心に決めたのだ。

この都市に、電車や高層建築の技術を指導したという渡界者が、リキオーが秘匿したような危険な知識を持っていないとは限らない。

となれば、この海人国家が古代兵器を擁するアルタイラのヒト族兵軍とぶつかれば、激戦となることは簡単に想像できる。

一時《いっとき》は、この国はアルタイラの古代兵器を前にすれば一方的に殲滅《せんめつ》されるだけと思っていたが、予想に反して抵抗できるかもしれない。

しかし、それは喜べることではない。多くの被害を生み出すに違いないのだから。

9　渡界者

休息を得たリキオーたち銀狼団の一行は、トゥグラをあとにして一路、海人国家の首都ルフィカールを目指した。

トゥグラは、広大な穀倉地帯と高いビルディングという、一見するとアンバランスなものが共存していた。

だが、今、目にしている首都ルフィカールの印象は全く違った。

半島の突き出した断崖に沿って、最果ての部分に高い城壁がそびえている。

城壁を取り巻く壁のように、トゥグラでも見かけた高層ビルディングが屹立《きつりつ》しており、その端からは一転して、低い戸建ての市民街区が延々と続く。

リキオーたちを乗せた馬車は、くねくねと続く上り道を進んでいった。

馬車はかなり長い時間、市民街を走っていたが、窓は閉められていたためにリキオーたちは市民の様子を見ることはできなかった。

やがて馬車は、高層建築群の間を縫うようにして、城壁の中へと吸い込まれていく。

着いたのは王宮区の一角で、荘厳《そうごん》なガラスの建築物の中だった。

「ふわあ、やっと着いたか」

「海の香りがしますね」

リキオーがあくびを噛み殺しながら伸びをすると、アネッテが閉ざされた窓の隙間から入ってくる空気に反応した。彼女の「海」という言葉を聞いて、海が苦手なマリアはゾッとしない表情で自らの二の腕を抱きしめた。

「長らくのご乗車、お疲れ様でした。こちらが公爵の本邸になります」

馬車が停車してドアが開け放たれると、例によって執事とメイドが現れる。

彼らに案内されて、リキオーたちは建物に足を踏み入れた。

案内されて、再び公爵に面会したリキオーは、トゥグラで出会った自称研究者のことを尋ねてみた。

「ダヴィットはまさしく、渡界者という存在と、その渡界者が持っている情報の研究者だ。そして、まずいことに彼は王族とも通じている」

そう言ってヴァルデマルは表情を硬くし、さらに続ける。

「彼がトゥグラまでわざわざ来たとなれば、リキオーたちのこともすでに聞き及んでいると見て間違いないないな」

「あんたは信じてるのか？　その渡界者とかいうのを」

「信じるも何も、トゥグラが彼らの持っていた知識によって作られたのは事実だ」

「そいつは、建物や、馬もないのに走る鉄の馬車の他にも、この国の戦力を向上させるような有益な情報をもたらしたのか？」

「うむ。戦力としては、鉄の自走する馬車や、天翔ける雷などだな。今まで我々が見たこともないモノばかりだ」

リキオーの現代知識に照らし合わせてみるに、前者は戦車のようなもの、後者は大砲だろうか。強力な兵器だが、魔法が飛び交うこの世界では戦場の様相を大きく変化させるようなものではなさそうだ。

ともかく、その渡界者はどんな者なのだろう。

トゥグラで見た路面電車の形態は、日本のものではなく欧米で見るタイプのものだった。渡界者が現代知識を持っていることからして、同じ地球人であることは予想できるが、日本人ではないかもしれない。リキオーの持つ種族的特徴である黒目黒髪が、そのまま渡界者の判断基準ではない可能性も高い。

「その渡界者はどうなったんだ？　それほどこの国に奉仕したんだ。よほどの地位か有力者にのし上がったんじゃないのか」

「そんな話も聞いていないな。それはそうとリキオー、君もその渡界者とやらなのか？」

話の流れからして、そう問われることは想定していた。

この問いが来た瞬間、アネッテ、そしてマリアも緊張を見せた。リキオーのパーティメンバーは、彼が外の世界からやってきた者だという話は、本人から直接聞いている。

「さあ？　私も知りません」

リキオーの言葉に、その場にいるすべてのメンバーが一気に緊張を解いた。

そもそも、リキオーが渡界者と疑われたという前提からしておかしかったのだ。初めにそれを指摘したダヴィットは、何をしてリキオーをそう判断したのだろうか。

そのときドアがノックされ、執事が何かの紙を受け取った。

「公爵様、城からの伝言です」

「なんだ？」

「その……お客様を登城させよと」

寝耳に水とはこのことで、どういうわけかリキオーたちのことが王の知るところとなっていた。

その元凶はやはり、渡界者の研究者であるダヴィットか。

＊＊＊

王に謁見《えっけん》するために登城したリキオーたちとヴァルデマル公爵。

そんな彼らを待ち受けていたのは、渡界者が作ったという都市、トゥグラで会った自称研究者のダヴィットだった。待ち構えていたとは、執念深いことだ。

ダヴィットが、通り過ぎようとしたヴァルデマル公爵に話しかけてくる。

「閣下、お待ちを」

「何だ、また貴公か。我々は陛下に謁見のために来たのだぞ」

ヴァルデマルにとっても、ダヴィットはあまり会いたい相手ではないらしい。

「これは王の意向なのです。どうか彼らのお時間を頂戴《ちょうだい》したい」

「む。王のご意思なのか。それでは無下《むげ》にはできんな。リキオーよ、すまんが、ダヴィットに付き合ってやってくれ。私は陛下に面会せねばならんのでな。失礼する」

そうなってしまうと、もうリキオーたちには抗《こう》しようもない。仕方なくダヴィットに付いていった。

彼が案内したのは工廠《こうしょう》のようで、多くの兵士たちがいたが、通りかかっても誰もダヴィットに声を掛ける者はいなかった。

「ここは渡界者によってもたらされた知識を分析し、我らの兵器として運用するための施設なのです。私たちの成果をあなたにもお見せしましょう」

「いいのか？　俺たちはただの冒険者だぜ」

「本当にそうですかねえ。ただの冒険者が公爵に取り入り、王に謁見までするとは思えませんが」

リキオーの言葉に耳を貸さずに、嬉々として研究成果を披露しようとするダヴィット。そんな彼に引いていると、話がさらにおかしい方向に流れていく。

「渡界者がもたらす知識は素晴らしいものですよ。あなたもトゥグラを見たでしょう。街が豊かになり、人々の生活は便利になっていく。いずれはアルタイラを凌駕して圧倒するようになるのは明らかです。ですからあなたの知識もぜひ」

彼の考えでは、リキオーが渡界者としての知識をこの国にもたらすことで富国強兵になり、アルタイラを倒せるだろうということらしかった。

「待ってくれ。あんたは俺がその渡界者であると断定して話を進めてるが、どうして俺がそれだと判断したんだ？」

「初めは私も懐疑的でした。決定的だったのは、君が公爵お抱えの冒険者だからです」

「公爵に雇われた冒険者がそれだというのは短絡的ではないか。俺は隣国の状況を知っている冒険者だから連れてこられただけだ。公爵は俺の情報を秘匿しようとして俺を軟禁……あ」

公爵の悪口を言うのは躊躇《ためら》われたが、ダヴィットはリキオーが言い淀《よど》んだので、逆に考えたようだ。

「今まで我々が会った渡界者たちの外見はバラバラで、特徴としては何も共通するものはありませんでした。それでもその生活、戦闘の仕方などを見れば、自《おの》ずとわかってしまうものですよ」

どうやら日本人特有の、黒目黒髪などの特徴で判断されたのではないようだ。

ふと彼は、羊皮紙を指し示した。そこには、幾何学《きかがく》的な文様が書き記され、明らかにそれからは飛行機の特徴が見て取れた。また装甲車のようなものや砲塔《ほうとう》の付いた戦車も見られた。

ダヴィットはリキオーの知識を引き出し、アルタイラとの戦争を有利に導くための兵器を開発しようとしている。

だが、ヴァルデマルとの話から察するに、以前にこの地に流れ着いた渡界者は消息不明だ。事によると、囚われて口封じのために殺された可能性もある。

リキオーはあくまでも白《しら》を切り通すことに決めた。

「お客様、公王陛下の謁見の準備が整いましてございます」

メイドが呼びに来たので、リキオーたちは王の前に引き出された。

赤い絨毯《じゅうたん》が敷かれ、玉座は一段盛り上がった場所にあった。リキオーたちが傅《かしず》いている場所の左右には、長い槍を構えた衛兵がずらりと並び、王に近い位置にはカイゼル髭《ひげ》を蓄えた初老の男が佇んでいる。宰相か何かだろうか。

「さて、そちらが渡界者の冒険者とやらか。我が国のために貢献してくれると聞いたが」

王は開口一番、リキオーに早速情報の開示を求めてきた。

だが、リキオーはあくまでもしらばっくれることに決めている。ダヴィットにせよ、こちらが渡界者だという確証はないようなのだから。

「はて、何か勘違いをなされている様子」

「なに？」

「私はその渡界者という者ではありませんし、何か差し出せるものがあるとも思えません」

王はにわかに眉を持ち上げ、すぐそばで控えていた宰相らしい初老の男を呼びつける。そして何事か囁くと振り返った。

「ヴァルデマル公」

「は。私もこの者らがそうした存在であるという確証は得ておりません。この者たちを匿《かくま》っているのは、隣国の貴重な情報を持っており、みだりに市井《しせい》を脅かさぬようにとの判断ゆえです」

ヴァルデマル公爵にしても、リキオーが渡界者だという情報は得ていない。

再び王は、傍らに立つ初老の男に内緒話を始める。

(なんだ?)

パーティメンバーが不安を覚える中、リキオーは一人、さっきから耳鳴りに悩まされていた。

王の座る玉座の背中にある壁一面に描かれた変な模様。それがグニャグニャと形を歪《ゆが》め、所々にある丸い模様が発光している。

(誰も気づいていないのか？　何だアレは……)

「面妖《めんよう》な！　者ども出合《であ》え」

すると突然、リキオーたち銀狼団のメンバーたちの体が金色の光を纏って輝き出した。

それに気づいた近衛《このえ》の兵士たちが抜刀し、曲者《くせもの》を取り押さえようと走り寄ってくる。

しかし、リキオーたちの体を取り巻く光は眩《まばゆ》いばかりの閃光を放ち、その場にいる者は皆、目を隠した。

そして次の瞬間、リキオーたちパーティメンバーの姿は掻き消えていた。

＊＊＊

リキオーが転移してきたのは、実際に存在する空間ではないようだ。

この感覚には覚えがある。そう思ってキョロキョロと周囲を見回していると、不意に巨大な影がのしかかってくるような、圧倒的な存在を感じ取ってギョッとする。

(俺だけか？　アネッテたちは)

他のメンバーの姿は見えなかった。

また不意に人の気配がして振り返ると、そこにはグラマーで長身の、チャイナ服に身を包んだ黒髪の美女が佇んでいた。

髪の間から見え隠れする節くれだったツノを見れば一目瞭然《りょうぜん》。リキオーも慣れ親しんだ相手だった。

神のしもべ、見守る者の真竜族が一人、水竜のイェニー。彼女の成年体だ。この姿で会うのは、アネッテの故郷、隠れじの森以来だ。

「久しいな、リキオーよ」

「イェニーさま。本当にお久しぶりでございます」

「急に呼び出して悪いな。時間がないので簡単に説明するが、お前にはこれから過去に飛んでもらう」

「すごく急ですね。俺たち、ここの国の王に謁見していたところですけど」

「フン、どうせ奴らが何かしたところで何も変わらぬ。御遣いの奴ら相手に、何ができるのだ」

確かにそうだ。竜にせよ御遣いにせよ、どちらも神のしもべ。その力はヒトを遥かに凌駕している。過去にこの地を訪れた渡界者が知識を提供したといっても、それでどうにかできるほど甘い相手ではない。

それにしてもイェニーの言う過去とはどういうことだろうか。

過去の大戦では、そこで使われた古代兵器によりスタローシェのような人が住むのに適さない広大な地を作ってしまったという。この地も過去に戻れば、今とは違う姿をしているのかもしれない。

「過去に、ですか」

「ああ。御遣いの連中が打ち込んだ楔《くさび》のせいで修正力が働いていてな。このままでは神の行いに支障が出る。それに儂《わし》の姉様、お前たちはまだ会ったことがないだろう、金竜とも相談したのだが、お前たちの強化をするにはそこはうってつけなのだ」

リキオーにはチンプンカンプンだ。修正力とか、神の行いとか、彼の理解を越えている。ともあれ、その命《めい》に従えば強化してもらえるらしい。どちらにせよリキオーに選択肢はない。

リキオーも自分たちが人としては強い力を持っているとは思っているが、それでも、竜と対峙する勢力である御遣いたちには、とてもじゃないが立ち向かうことなどできないと感じていた。圧倒的な力の差がある。

しかし、このまま竜たちの手下として旅を続けていれば、いつかは御遣いたちとも戦うときがやってくるだろう。

「わかりました」

「話が早くて助かる。そうだ、お前たちには私の加護を与えてやろう」

「それで戻って来られるのでしょうか」

「無論だ。でなければお前たちを送る意味はない。飛んだ先でやるべき仕事を終えれば、戻ってこられるようになるだろう」

リキオーは謁見の間で見たものについて質問してみることにした。あれも竜たちに関係する異物か何かなのだろうか。

「ところでイエニーさま、私たちが謁見の間にいるとき、玉座の背後にあった妙なものが光っていたのですが、あれは何ですか」

「うむ。あれは大聖盤《だいせいばん》と言ってな。かつてこの星の大陸が一つだった頃、降臨された神が最初に触れた石なのじゃ。お前も知っている通り、今は大陸が四つに分れたゆえ、その大聖盤も四つに砕けた。大聖盤は我らが創世神《そうせいしん》さまの力を宿している。それによって私もお前に力を授けたりできるのじゃ。今は我らの方舟《はこぶね》に一つ、アルタイラに一つ、奴らの本拠地に一つ、そしてここに一つある」

「御遣いたちも、その存在を知っているのですね」

「何、心配は無用じゃ。奴らはこの力を封印しておるでの。せいぜいお前たちが古代の施設、ゲートなどを使ったときにわかる程度だ。さて、もういいかや？」

「はっ」

リキオーが頭を下げると、水竜イェニーはもう話は終わったとばかりに腕を広げる。すると、広げた腕の上から光が湧き出てきて部屋全体を埋め尽くした。

10　時間遡行《そこう》

光が消えたあと、リキオーたちはどことも知れぬ場所に浮いていた。そして足元も覚束《おぼつか》ないまま、凄いスピードで落ちていく。

落ちるという表現は正しくない。

体感では物凄い勢いでどこかに移動しているのは間違いないのだが、激しく明滅して上下する光の動きから、自分たちが落ちているという錯覚をしているだけなのだ。

踏ん張って立つことさえできない。他のメンバーもリキオーの周りにいた。しかし、何事が自分たちに起こったのかわからない様子だった。

「マ、マスター！」

「アネッテ。マリアもいるな。ハヤテ、カエデ、よし」

「ご主人、こ、これは何なのだ？」

アネッテはリキオーの肩に掴まり、マリアも彼の腰に抱きついている。ハヤテとカエデはシェイプシフターで小さくされたまま、彼らの服にしがみついていた。

彼らの周りは青い空間で、上から下から光の奔流が雷のように絶えず行き来している。もしその光に触れれば一瞬で燃え尽きてしまうだろうことは何となくわかった。

しかし幸いなことに、パーティの周りには金色の薄い繭《まゆ》ができていて、それらの恐ろしい光からは守られていた。

「いや、俺にもさっぱりわからん。だが、王たちと謁見してる間、俺はある存在からずっと呼びかけられていた。それと玉座の後ろの壁の模様が動いていた。いずれもこの現象に関係があるのだろう」

海人国の王たちにこんなことができるはずもない。となれば、すべては水竜イェニーの仕業《しわざ》なのだろう。

「どこまで――」

落ちているのか上がっているのか、感覚ではわからない。

目の前に見える光の奔流はすごい勢いで行き交っている。それは上下、いや左右に動いているのか。はたまた過去に向かっているのか。未来かもしれない。

だが、不思議と悪い感じはしない。御遣いたちによる罠というものではなさそうだ。彼らを包んでいる繭からは金色の光がオーラのように漂っていて、その波動は竜のものに似ている気がしたのだ。

「うわっ」

「きゃあッ」

＊＊＊

ようやくリキオーたちが辿り着いた場所は、どこかの林の中だった。リキオーには懐かしい香りがする。時刻はおよそ夜半か。

イェニーはただ「過去」と言っただけだったので、てっきり海人国家ルフィカールの過去かと思っていたが、どうやらそうではないらしい。

(これは竹か!)

懐かしい竹の匂い。しかし、それに混じって強い匂いもする。血の匂いだ。それも一人や二人といったものではない。

「ご主人!」

暗闇に目が慣れてくると、辺り一面に死体が転がっているのに気づいた。

今まで彼らがいた世界では見かけたことのない格好をした男たちのものだ。それも一つや二つではなく、ゴロゴロと足の踏み場もないほど。

アネッテはヒッと悲鳴を上げてリキオーの腕にしがみつくが、マリアは屈《かが》み込んで死体を検分し始めた。死体はどれも大きく裂けており、そこに巨大な獣か何かの爪痕が見て取れる。一通り検分し終えたマリアが告げる。

「これは剣によるものではないぞ」

「ああ」

辺りに気配がないか探ってみると、谷を越えた辺りで感じられた。巨大な気配である。そして、カンッカンッという剣戟《けんげき》の音もする。誰かが戦っているのだ。

マリアとアネッテが振り返り、リキオーは頷いた。

「行こう！」

状況からして盗賊の襲撃などではない。リキオーはメンバーの無事を確認したあと、音の方向へと走った。

そこで見たのは、巨大な魔物だ。それに刀一本で対峙する壮年の男と弓を携えたポニーテールの女がいる。

男はちょんまげのようなヘアスタイルに、金糸の編み込まれた豪勢な装《よそお》いだったが、何より驚いたのはその装備だ。

リキオーの侍の装備とよく似ている。肩に張り出した盾のようなパーツ。袖《そで》と言われる部分もあるし、リキオー同様に太ももの外側に張り出した佩楯《はいだて》も装備している。

魔物のほうは、よく見れば尾が尻から垂直に突き立っていて、しかも何本も生えている。そしてその先からは、青白い炎がユラユラと揺れていた。

前足には鋭い爪が左右に三本ずつ生えていたが、その足下には、魔物に立ち向かっている者たちの仲間だろうか、無残にも魔物の爪に貫かれた死体が転がっていた。

（！　九尾《きゅうび》の狐《きつね》か？）

しかし狐にしては頭の形状がおかしい。尖った耳をしているでもなく頭は丸い形状。まるでイタチのようだ。

「回復します！」

アネッテが魔物と相対する二人に【ヒール】を掛け、マリアが前に出て盾を構える。

リキオーは正宗を抜き「タアアッ」と掛け声を上げて、大上段から魔物に斬りかかった。が、魔物が前足の爪に引っかけていた死体を投げつけ、刀の軌道を逸らされてしまった。

「ご助力感謝します！」

ポニーテールの美人が叫ぶように応えた。彼女は、刀を構えて満身創痍の壮年の男に半身隠れて弓を構えていた。

ハヤテとカエデに掛かっていたシェイプシフターが解け、元の大きさを取り戻す。その姿にポニーテールの美人はギョッとしたものの、二匹が九尾の魔物に向かっていくのを見て安堵した。

しかし、リキオーたち一行の体には金色のヴェールが掛かったままになっていて、九尾の魔物に攻撃しても、どういうわけかダメージが通らない。よくわからないが、今は機会ではないということなのだろうか。

リキオーが再び刀を構えて飛びかかってみると、九尾の魔物はなぜか激しく反応して声高く吠えた。そして空高く飛び退いて、ダッダッと足音を立てて去ってしまった。

「なんとか切り抜けたのか？」

「……だといいがな」

マリアが呆然と呟くのに、リキオーがため息を吐き出しながら答える。

その後ろで、極度の緊張が解けたせいか、刀を構えていた壮年の男は気を失ってしまい、ポニーテールの美女が慌てて男を支えた。

そんな光景を目にしながらリキオーは、自分たちがどういう環境に置かれたのか、ようやくわかってきていた。

（ここはおそらくシャポネだ。沈んでしまったアフラカヤ弧状列島にあった）

男を抱えて蹲《うずくま》っていた美女がリキオーに話しかけてくる。

「もし、そこのお方。私は、ツナトモ公が家来《けらい》、シヅと申します」

「あ、ああ。なんですか」

「そちらの都合がよろしければ、我が主《あるじ》の館《やかた》にてお礼をしたいのですが」

「あー。そうですね。お願いします」

さらりと軽い調子で、リキオーは承諾した。

誘いを断っても良かったのだが、今、この場所にやってきたばかりで何の頼りもなく活動もままならない。情報も欲しいところだ。そうしたことを考慮した結果、折角なので厄介になることにしたのだ。

美女は男を背負おうとしていたが、なにせ体格が違いすぎる。歩くのもやっとという感じだった。見ていられずリキオーは声を掛ける。

「よろしければ、うちの者に運ばせますが」

「いえ、それには及びません」

「でも、無理だと思いますよ」

シヅ自身も、その見た目から相当疲労しているのがわかる。それでもリキオーの申し出を断って、男を抱えようとしたが、歩きだそうとしたところですぐによろめいてしまった。

「も、申し訳ありません。主をお願いできますか」

「はい。ハヤテ」

リキオーは彼女から男を受け取って、ハヤテの背に抱きつかせた。そして落ちないように腰を縛りつける。男は刀を固く握りしめていたので、手から離すのに苦労した。

シヅは周囲で倒れている死体を、辛そうな眼差しで見ていた。リキオーはそんなシヅの隣に立ち尋ねる。

「この人たちもあなたの知り合いでは？」

「はい、我が主の配下の者たちです。供養《くよう》してあげたいのですが、今はそれもできません」

「そうですか。では、略式でよければ、俺たちで弔《とむら》ってやりたいが、よろしいですか」

「かたじけない。お願い申し上げます」

リキオーの申し出に、シヅは素直に頭を下げた。

このまま戦場で朽《く》ちていけば、死体は間違いなくグールとなり、人に災《わざわ》いをもたらすようになるだろう。それを避けるためにも、弔ってあげるのは意味があるのだ。

リキオーたちはアルタイラの戦場処理として死者の念を浄化してきたので、凄惨な死体を見てもそれほどショックではない。

マリアとリキオーで死者の状態を見て回り、浄化の準備をしていった。そしてそのあとをアネッテが【レストレーション】を掛けていく。

中には魔物に食いちぎられたのか、頭どころか上半身がなかったり、バラバラだったりする死体もあったが、それらも丁寧に掻き集めてあげた。

アネッテが【レストレーション】を掛けてやると、死体から青い炎のような燐光が浮かび上がり、それはゆらゆらと揺れて天に昇っていった。その様子を、シヅは悔しそうに見つめていた。

リキオーがシヅに告げる。

「よし、これで一通り済ませたな。シヅ殿、先導を頼みます」

「はい、よろしくお願いいいたします」

後ろ髪を引かれる思いで、戦場をあとにする一行。

緑の多い深い森の、しっかりと踏みしめられた道を進むと、人家の明かりがポツポツと見え始める。リキオーはハヤテの姿を見られると不審がられると思ったが、やましいところはないのでそのまま進んだ。夜でもあり、人通りがないのも幸いだった。

街の入り口に着くと、木でできた大きな門からちょんまげ頭の侍らしい男たちが現れ、駆け寄ってきた。腰の辺りまで捲《めく》り上げた着流しの裾《すそ》から、足を大胆に晒している。

「シヅ様、後ろの者たちは一体？」

「主様をお助けくださった方たちです。無礼のないように」

「はッ」

男たちは、ハヤテの背中に担がれた彼らの主人を丁寧に抱え、どこからか剥がしてきたらしい戸だろうか、平たい板の上に寝かせると、あとから出てきた助けとともに四人掛かりで運んでいった。

それを呆然と見ていたリキオーたち一行に、シヅが声を掛ける。

「どうか皆様もご一緒においでください」

案内されてやってきたのは、見上げるほどに立派な門構えの建物だ。瓦《かわら》が載ったなまこ壁が長く延びていて、屋敷の敷地もかなり広そうだ。

シヅが門の脇にある通用口から先に入る。続いて、倒れた主人を戸の上に乗せて運んでいたちょんまげたちが入っていった。

「申し訳ない、家人に説明してきますので、ここでお待ちを」

リキオーたちが彼女に続いて入ろうとすると止められる。

しかししばらく待っていても音沙汰がなく、一行は痺れを切らしてしまう。

幸い季節は夏のようで凍える心配はない。しかし、門の前でこのように屯《たむろ》していると、不審な目を向けられそうで気になってくる。ハヤテが体を横たえて「くわぁぁ」とあくびをした。その横でアネッテがぼそっと呟く。

「……遅いですね」

「ご主人。落ち着いて構えているが、さっきから口元がニヤついているぞ。いい加減説明してほしいんだが、ここはどこだ？　私たちは何に巻き込まれたのだ？」

「さぁてな、俺もよくわからん。しかし、どこなのかは教えてやる。ここはシャポネだ。過去の大戦によって今はもう沈んでしまったアフラカヤ弧状列島の第一国のな」

リキオーの言葉に愕然とするアネッテとマリア。

「な、なんだと。沈んでしまったはずのシャポネ？　それでは私たちは過去へと飛ばされてきたのか」

「ああ。水竜様は、いや、水竜様だけではなく竜たちは時空を操る能力に長《た》けている。過去に送ることなぞ造作もない」

焦って尋ねてきたマリアの質問にやや濁して答えると、アネッテも心配そうに聞いてくる。

「それでマスター。私たちはこんな所に飛ばされてしまって大丈夫なんですか？」

「多分な。水竜様は俺たちの強化のため、そして御遣いが過去に刻んだ楔《くさび》を除くため、俺たちをここに遣わせたらしい。ともかく大丈夫なのは確かだ。お前たちも感じているだろ？　自分たちに掛かっているこの力のヴェールを」

「これがそうなんですか」

アネッテとマリアは、手に目を落としたり、星の見える空気の澄んだ空に手をかざしたりして、自分たちを包む金色のヴェールを眺めた。

そうこうしていると、彼らが背中を預けている館のなまこ壁の向こうで何やら動きがあったらしい。シヅが潜り戸を抜けて出てくる。

「大変お待たせして申し訳ありません。主君が一刻を争う事態でしたので」

そう言うとシヅは、門の通用口を開けて一行を中へと招き入れた。

通用口を通れないハヤテとカエデが壁を飛び越えてくると、それを見た家人がギョッとしていた。

シヅが、リキオーたちの仲間だと説明しても、家人は硬直したままだった。

そのまま、彼女の揺れるお下げ髪を見ながら付いていくと、長屋の一角に通された。そこは屋敷の外れもいいところで、すぐそばには、屋敷の敷地のなまこ壁が見えている。

「皆さんには狭いでしょうが、こちらでお寛《くつろ》ぎください」

「はあ……」

どう見ても三人がやっとな広さで、ハヤテたちは入れない。体の小さいこの国の人たちを基準に造られたのは明らかだ。

いかにもこぢんまりとした和室といった風情で、満足なスペースがあるとは言えない。シヅが去ったあと、困ったように立ち尽くす三人と二匹。

そんなメンバーたちにリキオーは明るく告げる。

「ハヤテとカエデは外で遊んでおいで。誰にも見つからないようにな。魔物はやっちゃっていいぞ」

「ワウッ」

ハヤテとカエデはリキオーに首筋を撫でられると、タンッタンッと空中を二段ジャンプして虚空へと消えていった。

それを見送るアネッテとマリア。アネッテが心配そうに言う。

「いいんですか？」

「だって入らないだろ」

リキオーはそっぽを向いたままアネッテに答えると、充《あ》てがわれた長屋の部屋に入っていく。残りの二人も彼のあとから部屋に入ると、中の様子を珍しそうに眺めた。

中には土間があり、奥に申し訳程度のかまどと流し場があった。土間からすぐの場所に、一段高くなった畳《たたみ》敷《じ》きがある。藺草《いぐさ》のいい匂いがした。

リキオーは履物《はきもの》を脱いで畳に上がると、普段着に着替えた。そして畳の目を指で撫でる。

リキオーが着ている普段着は、中東風のクルタと言われる頭から被るタイプの長袖のシャツだ。下は余裕のあるズボン。この和風の場所では、その普段着でさえ違和感があった。

アネッテは、彼女が気に入っているアオザイ風のドレス。マリアは柔術着のような格好なので、このメンバーの中では、彼女が一番ここの雰囲気に合っている。

女性陣も、リキオーがあぐらをかいている横に、履物を脱いで上がってくる。そして、彼がそうしたように、不思議な顔をしながら畳の目をなぞった。

「な、なんだか狭い部屋ですね」

「この床はなんだ？　草で編んであるのか」

「まあ、屋根があるだけマシってことで我慢しよう。これは畳っていうもので、この地方の特産品だと思う」

狭さの問題は、リキオーはいざとなったら彼の土魔法で部屋を用意するのもやむなしと考えていた。他の二人も「ご主人の穴蔵のほうが快適だと思う」などと言ってる始末。

「この部屋はな。靴を脱いで生活するようなスタイルなんだよ」

そう言ってリキオーは畳の上でゴロンと横になる。

マリアも主に倣って横になって、だらしない顔をして擦り寄ってきた。アネッテもリキオーのそばにやってきて、上から彼の顔を見下ろした。

「シャポネでしたっけ。ところで私たち、何と戦わされるんですか」

「多分あいつじゃないかな」

「あれですか」

リキオーの言っているのは、シヅや彼女が主と呼んでいた男が戦っていた、さっきの巨大な白い魔物のことだ。

特徴としては、頭はイタチだが尻尾は九本でキメラのようでもあった。リキオーが知っている日本の妖怪で当てはまるのは九尾の狐だが、どうも違うようである。

「あれは何なんだ」

「俺にもわからんな。さっきの、シヅさんって言ってたか、あの人に聞かないとな」

リキオーはそう言うと、フワァァとあくびをして目を閉じた。

アネッテは、彼の隣でだらしない笑みを浮かべているマリアを見てムッと拗ねた顔をすると、自分もその反対側からリキオーにしがみついて目を伏せた。

気候は温暖でどちらかと言えば蒸し暑いぐらいなので、布団もなかったが寒く感じることはなかった。そのまま三人は眠りに就くのだった。

＊＊＊

翌日、リキオーたちが充てがわれた部屋で暇をつぶしていると、木の引き戸がノックされた。

アネッテは部屋の奥のコンロでお湯を沸かしているところだった。マリアは裏口の窓を開けて塀の先に見える道を行き交う通行人を眺めていた。シャポネの文化が物珍しいらしい。リキオーは畳の上でゴロゴロ転がっては畳の縁をなぞっていた。

ノックの音に、それぞれ顔を見合わせるメンバーたち。

リキオーは体を起こすと、アネッテに目線で合図を送る。彼女が歩いていって戸を開けると、シヅが立っていた。

しかし、昨日までのいかにも「くのいち」といった忍者風の装いから一転、どこかの町娘といった様子で、ポニーテールにしていた髪も解いていた。

「長らくお待たせして申し訳ありません」

「ああ、だいぶ待ったけど、あの侍は大丈夫だったの？」

「その節はお世話になりました。あの方は私たちの主、ツナトモ公であらせられます。公はどうにかお命は取り留めました。しかし、しばらくは療養が必要かと」

「そうですか。ともかく助かったようでよかったですね」

そのツナトモ公に回復魔法を掛けたアネッテがホッとしたように胸元を押さえて、安堵のため息を漏らした。

しかし、リキオーは頭を下げるシヅに鋭い目線を向ける。

「それではこちらの話をしましょうか。あなたも知りたいでしょう？」

「ええ。どうしてあの場に居合わせたのか。見たところ、他国の方のようですし」

シヅはリキオーの視線を真っ向から受けた。

二人の間に、緊迫した空気が流れる。

町娘のような質素な着物姿だが、立ち振舞いに隙がない。一見すると武器を所持しているようには見えないが、その佇まいからは暗器を幾つも隠しているようにも感じられる。

「あなたたちは一体――」

「俺たちは、ある使命を帯びてこの地に赴いた、竜の戦士だ」

「竜……」

「信じられないだろうが。おそらく、あなたたちに助力することが、俺たちの使命だと思う」

竜という普通の人が聞けば荒唐《こうとう》無稽《むけい》な存在の話を持ち出されたためか、さっきまでシヅが纏っていた張り詰めていた緊張感が緩んだ。

リキオーの言葉に、アネッテとマリアが緊張した面持ちで振り返る。

「ご主人。では」

「ああ、あの尾が九本あった魔物が御遣いの手下なんだろう。それで、あなたはシヅさん、でいいのかな」

「どうかそのままシヅとお呼びください。あなたの格好は侍のようですが、そちらの女性たちは見るからに他国の方とお見受けします。一体どういう集まりなのです？」

「俺たちとあと、もう二匹、白いのと黒いのがいただろう。全員で銀狼団という冒険者をやっている。まあ流しの傭兵みたいなものだと思ってくれればいい」

「傭兵ですか」

傭兵と聞いて、シヅには思うところがあったようだ。何事か思案するように言葉を詰まらせている。そんなシヅをよそに、リキオーは問いをぶつけてみる。

「それでは、こちらも聞いて構わないかな。シヅ殿、あいつは何なのだ？　そしてあなたの主、この家はどうなってるんだ？　その辺りの話を聞かせてくれないか」

「……いいでしょう。あの魔物は、私たちはキュウビと呼んでいます。キュウビは三ケ月前に突如としてこの街エッドを訪れました。抵抗する力を持たない民たちが為す術《すべ》もなく殺されていく中、民を守るため我が主、ツナトモ様が討伐隊を指揮しました。しかし、キュウビにはまったく敵《かな》いませんでした……」

すべてを言ったわけではないが、言外《げんがい》に含ませた言葉はこう続くのだろう。

領主は配下を連れて魔物に立ち向かった。そしてその結果、返り討ちに遭い、一族郎党、その戦闘力のすべてを失ったと。

しかし、疑念が残る。

「あいつに勝てる算段も、何の確証もなく立ち向かっていったのか？」

「それが……私たちの主さまの家系には、かつてその算段があったのです」

シヅは言い難そうに目を逸らしてため息を吐く。

「主さまの家系は元々、魔物を調伏《ちょうぶく》する破魔師《はまし》でした。しかし、平和の世が続いた結果、その術《すべ》も失われました。それでも主様は行くしかなかったのです」

家の長としての責任などもあったのだろう。主の家系がかつて持っていた破魔の力に希望を抱き、戦闘に臨んだのだ。

「あなたの主、ツナトモ殿が倒れた今、領地は、領民はどうなるんだ？　他に彼らを魔物から守る戦力は？」

リキオーの質問にシヅは黙ったまま答えなかった。

答えなくても結果は簡単に予想できる。ここで黙っていては進む話も進まない。リキオーはため息を吐くと、提案を持ちかけた。

「通りかかったのも何かの縁ですし、私たちで良ければあなた方に加勢しましょう。我々の目的も、あの魔物、キュウビを倒すことになるようですし」

「御恩あるお客様にもかかわらず、私たちの面倒事に巻き込んでしまい、申し訳ありません」

「一応、傭兵ですからな。タダ働きはしません。情報と報酬は頂きますよ」

無償奉仕よりも報酬を提示したほうが相手の信用を得られる。特にこうしたフリーランスの傭兵として雇われる場合には。そうしたことをリキオーは理解していた。

それからリキオーは、この国の支配形態など、一聞すると戦闘にはあまり関係のなさそうなことも聞いておいた。また傭兵として活動するためには、街の地理などについても知見を得る必要がある。そのために、傭兵といえども街を自由に散策する許可をもらわねばならないだろう。

「街に出る許可ですか……」

シヅはリキオーを見て、そのあとでマリア、そして最後にアネッテを見て考え込んでしまった。自分たちが街に出るとまずいことがあるのか？　リキオーたちは顔を見合わせて疑問符を浮かべるのだった。

＊＊＊

敵はキュウビだけでない。この地に元からいる魔物たちがキュウビの魔力に誘われて活発化し、キュウビの取り巻きのようになっているらしかった。そのため、キュウビを仕留めればいいという単純な話ではない。

また、キュウビがどこを根城《ねじろ》にしているのかという調査も必要だった。いつも待ち構えているところにキュウビがやってきてくれるという保証はないからだ。

翌日、リキオーたち銀狼団への、キュウビ討伐依頼が正式に決まった。

しかしその前に、さすがに今の姿ではあまりにも目立つということがシヅから指摘され、着物などを用意してもらうことになった。アバター機能を使えば一瞬で着替えられるので、一度調達しておけば問題ない。

リキオーは黒目黒髪の日本人なので、そのまま着流しで大丈夫だ。マリアも目は青いものの髪は黒っぽいブルネットなのでなんとかいける。だが、アネッテの髪は透き通るような銀色なので隠しようがない。逆に和服は、グラマーなマリアにはあまり似合わないが、スラリとした体形のアネッテにはよく似合う。

リキオーはアネッテの髪を撫でながら、不満げな彼女を面白そうに眺めていた。

「カツラでも被るか？」

「嫌です、断固拒否しますっ」

「むう、姉様はキモノがよく似合うな」

リキオーはプンプンと頬をふくらませるアネッテを可愛いと思いつつ、彼女が嫌がるのでカツラは諦めてそのままでいくしかないと考えた。

一方マリアは着物を着ようとしていたものの苦戦し、シヅに手伝ってもらっていた。豊満なバストにサラシを巻いてもらっているが、窮屈なので顰《しか》め面だ。アネッテが何もせずに着物を着こなしているのを見て、マリアは羨ましそうにしている。

「リキオー殿はやはり様《さま》になりますね」

シヅがパチパチと拍手をして褒めるので、リキオーは満更でもない様子だ。

シヅは、アネッテに提案して紫の布を頭巾として被らせた。確かにこうすればアネッテの銀髪やエルフ特有の尖った耳を隠すことができる。

「ありがとう。マスター、どうですか？」

「うん、お忍びで出かけるどこぞの武家の奥方に見えるな」

「ええ、とってもお似合いですよ」

リキオーに奥方と言われ、シヅにも絶賛され嬉しそうなアネッテ。

「マリア様はお胸が大きいので、しっかりした着物は諦めて軽い浴衣《ゆかた》にしましょう。こちらのほうが楽ですよ」

浴衣は袖口の開きが大きい。そのためマリアのようにグラマーなタイプには帯留めで締めつける着物よりは動きが楽だ。

「どうだ、ご主人」

方向性がアネッテとは違うが、マリアも十分魅力的だ。

着物に身を包んで頭巾を被ったアネッテは深窓《しんそう》の令嬢か、さっきリキオーが言った通り、お忍びで街に出ようとする奥方かという印象だ。

だが、マリアの場合、胸のサイズが大きい上に、下半身も成熟しきった体形なので、エロティックな感じだ。特に胸元や裾からはみ出した太ももとかがヤバイ。ギリギリ露出を免れているといった際どさだが、これはこれでアリというもの。

マリアが得意気になって自分の着こなしを披露するのを見て、リキオーは「むーん」と難しい顔をして唸る。が、最後には、ビシッと親指を突き出して「グッジョブ」と呟いた。

足元はリキオーとマリアが下駄《げた》、アネッテは草履《ぞうり》になる。屋敷に出入りする商人が用意したもので、下駄の鼻緒の色も桜色など綺麗なものがあり、マリアの足元にもよく似合っていた。

アネッテは普段からサンダルで素足を晒しているが、マリアは戦闘時には足元も鎧に覆われているため、こうして素足を見せるのは新鮮だ。

「うん、着物と草履は鉄板だが、下駄もこんなに可愛いのがあるのか。よく似合ってるぞ、マリア」

「よしっ」

主の褒め言葉にガッツポーズで小躍りするマリア。

アネッテも、シヅと出入りの商人に見立ててもらった装いが、リキオーに喜んでもらえて嬉しいのか、マリアと手を合わせて喜んでいた。

＊＊＊

服装の用意ができたリキオーたちは、シヅの案内でエッドの街に出た。

どこまで活躍できるのかは未知数だが、土地勘を掴む意味でも、また街の防衛を考える意味でも街の建物の配置や道を覚えておくのは大切だ。

しかしながら、エッドとしては、彼らを客人として迎え入れたとはいえ、街で厄介事を起こされるのは願い下げだ。

ということで、一行を連れてきた張本人であるシヅが、リキオーたちの案内役兼監視役として一緒に付いてくることになった。

エッドは街の中央に低い城を頂き、四方に高い山がそびえている。

城を除くと、物見《ものみ》の塔が建っているほかは高い建物はない。家はどれも木造で瓦葺《かわらぶ》きの屋根が続く。一番高い家でもせいぜいが商家の二階程度だ。

北西のかなり遠い位置に、赤い山のようなものが見える。

だが、どう見ても、北斎《ほくさい》の赤富士の絵から切り抜いたものにしか見えない。まるで舞台の書割《かきわり》のようだ。しかし、雲の間から見えるそれを町民は誰も不自然に思っていないようだし、拝んでさえいる。どうやら信仰の対象のようだ。

「なあご主人、あれは山なのか？　なんか変じゃないか」

「シーッ！　多少変でも見過ごしとけ。俺たちはよそ者だからな」

マリアも、リキオーの視線の先の赤富士にしきりに顔をひねっていた。

平時の場合、見回りがこんな風にほとんど観光になってしまうのは致し方ない。

とはいえ、今までリキオーたちは、軟禁されているか、追っ手と戦っているかでゆっくりとリラックスできた例がなかったのだ。スタローシェを抜けて硬い地面のある海人国家に入ったところで、ヴァルデマル公爵に捕まって軟禁されてしまったし。たまには、こんな観光も悪くない。

「マスター、こんな長閑《のどか》なところで戦いなんて、本当不思議ですね」

「ツナトモ公がこの平和を守ってきたのだろうな」

リキオーは、ふと街に出る前のことに思い出した。


リキオーは今朝、シヅからこの国の貨幣制度を簡単に教えてもらい、アルタイラで使っていた金貨と交換してもらっていた。

金貨は小判に、銀貨は棒銀になった。細かな銭は穴の空いた硬貨だった。寛永通宝のように空いた四角の穴を覗き込みながら、リキオーはニヤリと笑ってしまった。

シヅがリキオーから受けとった金貨をまじまじと見つめて尋ねる。

「リキオー様、時にこの金貨は隣国のものでしょうか」

「知っていたのか」

「はい、交易はありませんが、金貨に描かれている植物はこの国にはないものですし……」

改めてよく見ると、アルタイラの金貨には女神の横顔が描かれ、その裏にはシヅの言った植物の花があしらわれていた。

昨日はシヅの主であるツナトモ公が倒れたこともあり、色々と慌ただしかったらしい。そのためリキオーたちは放置されていた。

今朝になって、老齢の部下が礼を言いにリキオーの元を訪れてきた。

公の安否を心配する后や娘の姫とも面会した。その際、微力ながらリキオーたちが街の警護を引き受けたことをシヅが説明してくれた。

一通り聞いたあとで、ツナトモ公の后がリキオーに告げる。

「リキオー殿、本来なら、外から来た方に街の警護をお任せするなど恥でございますが、我が家にはもう魔物に抵抗する力はなく、民の安寧《あんねい》を守るためには恥だなどと言っている場合ではありませぬ。あなたのお申し出、大変ありがたく思っております。どうか、民をお救いください」

ツナトモ公の后は、恥も外聞も捨てて、民のためとリキオーに頭を下げた。

これには后の周りの老人たちも息を呑んで驚き、そして后同様に頭を下げた。そのことがあってか、シヅのリキオーたちへの態度はさらに軟化したようだった。

エッドの街を歩きながら、リキオーは小間物屋《こまもの》の店頭を冷やかした。そして、アネッテには櫛《くし》を、マリアにはかんざしを買ってやった。

小間物屋の主人は、リキオーが金を払うとき「親方のおかげで商売繁盛でございます」と言っていた。ちょっと休もうと入った茶屋で団子や茶を楽しんでいると、「親方様のおかげでお日和《ひより》もよく」と通行する誰もが口にしていた。

ツナトモ公は善政を敷いていて、この街の民に慕われているのがよくわかった。再びリキオーは、今朝の后との面談を思い出し、そして呟いた。

「ツナトモ公は名君なのだな」

「はい」

誇らしそうに答えるシヅ。

その隣では、アネッテが緑茶を飲み、マリアは団子を食べていた。


リキオーは茶屋で団子と緑茶を啜りながら、通行人と街の風景から視線を離さずに傍らに立っているシヅに問いかけた。

「キュウビ、それから他の魔物について詳しいことを教えてほしい」

「はい」

シヅによると、今まで魔物は夜になると襲ってくるという習性があったようだ。キュウビもその例に漏れず、夜になると襲ってくるらしい。

「なら、昼はなんとか無事に過ごせそうだな」

「それが、キュウビの影響でしょうか。他のキュウビより弱い……と言っても、街の警備の者たちからすれば十分強い魔物たちも活性化しており、夜だけでなくあらゆる闇から襲ってくるようになっているのです」

「それでは街の外では……」

「はい、農村部や森林などでは魔物が昼でも襲うようになり、街の外の民はだいぶ被害を受けているようです。街は先代が掛けた結界のおかげでどうにか……それでも外縁部には被害が出ています。正直残った者たちだけではいずれ――」

魔物は陸棲《りくせい》のものだけではない。空を飛ぶものや、水棲《すいせい》のものもいる。

この街は、川が中心部まで入り込んでいる。船も日常的な街の住人の足であり、物品の移動に欠かせない手段だ。

それに、街の中にふんだんにある木々は魔物が隠れるには絶好の存在だ。

藪、森、海など、そこで採れる素材で人々は生計を立てている。つまり、今の状態が長く続けば、いずれ街に住む人々も困窮状態に陥ることになる。

「そうなる前に、キュウビをなんとか始末しないといけないわけですね」

「はい、ご面倒をお掛けします」

アネッテとマリアは、リキオーとシヅの会話を邪魔しないようにしていた。

二人は、自分たちの主が決めた行動指針に従うだけだ。互いに顔を見合わせて頷き、決意を新たにしていた。

「それじゃ今夜にでも警備に出るか」

さり気なくリキオーがそう言うと、シヅが申し訳なさそうに告げる。

「その件ですが、しばらくお待ちを」

「は？」

急に腰を折られて、素《す》っ頓狂《とんきょう》な声を上げるリキオー。

シヅによると、次のような事情があるらしい。

リキオーたちがいざ街で見回りをしようとしても、住人からはいい顔はされないし、不審に思われる危険があるようだ。

そのため、ワンクッション置く意味もあって、街の見回りはツナトモ公の配下の者たちにやってもらい、魔物とのトラブルが発生した場合のみ、リキオーたちが出張るということになったとのこと。

それで、ツナトモ公の配下の者たちの「ドウシン」と呼ばれる人たちが、街の警護に当たってくれることになった。

配下とは言っても、先日の戦いで一線級の戦力は失ってしまっている。そのため侍ほどの武力はなく、せいぜい声を上げて所在を教えてくれる程度らしい。

「なんとも……面倒だな」

「ああ。でもここは彼らの街だからな」

マリアがどこにもぶつけようのない、やるせない思いを表情に見せる。それを労《いたわ》るようにリキオーが答えた。

自分たちが自由に動けないもどかしさに、イライラを募らせるリキオーたち。

今までは目の前の敵に対して直接手を下せばよかった。それが今回はできない。自分たちがここでは異邦人であると認識させられるのだった。

＊＊＊

翌日の夜、リキオーたちは、番屋《ばんや》と呼ばれる、ドウシンの待機所に集まっていた。

アネッテやマリアに、ドウシンたちの好奇の目が注がれている。

そのたびにリキオーがきつい目線で牽制し、シッシッと追っ払うが、ほとぼりが覚めるとまた無遠慮な視線を投げかけてくる。

今日は、アネッテとマリアも着物や浴衣などの和装はしていない。

アネッテは頬かむりの頭巾をしておらず、サラサラと流れるような銀髪と尖った耳を晒していた。

そのせいで、異国情緒溢れる特徴的なエルフの美貌を露わにしている。

マリアは鎧なのでそれほど視線は集めない。だが、彼らエッドの警察の装備はマリアの着ている
アヴァロンアーマーと比較すると、防御力ゼロの装いだ。そのため彼らはゴツいマリアの装備を
ギョッとして見ている。

なお、リキオーたちの身元引受人としてシヅも同行していた。

そこに、バタバタと足音を立てて下半身がほとんど丸出しの男、「オカ」という地位の者が、ゼ
イゼイと息をしながら飛び込んできた。

「どうした、何があった！」

「シヅさまっ、魔物が、魔物が現れましたっ」

オカはシヅの腕にしがみついて必死に訴えかける。

「サキチのウチのカカアが渡し場で足を取られて……」

どうやら水棲モンスターが女性を水中に引き込んだらしい。オカはウッウッと涙を流して泣き崩
れている。

「リキオー殿、行きましょう」

「ああ、みんな行くぞ」

「はいっ」

シヅがリキオーに声を掛けると、アネッテ、マリアとともにフル武装で番屋を飛び出していく。

シヅは番屋から先に飛び出すと、よほど気が急《せ》くのか、飛ぶような勢いで駆け出していった。たちまちリキオーたちとの距離を離してしまうが、リキオーたちはマップ機能によってシヅの辿った道を進めるので見失うことはない。

現場は、商家の荷受けを行うはしけ。栈橋《さんばし》にドウシンが集まって長い竿のような棒で水面を叩いていた。手にした蝋燭《ろうそく》に筒を付けたような道具で水面を照らしている。

シヅが駆けつけると、彼女の姿に勇気づけられたように活気を漲《みなぎ》らせるドウシンたち。少ししてリキオーたちも到着して、周囲を警戒し始める。

しかし、事件が発生してオカが番屋に知らせに来るまでにおよそ二時間ほど経過しており、魔物が女性を拐《かどわ》かしてから時間が経ちすぎていて、とても生存しているとは思えない。

女性の夫であるサキチという男は栈橋でうなだれて蹲《うずくま》っていた。

「ご主人」

「ああ、無理だな」

シヅもリキオーたちと同様の結論に至ったのだろう。シヅは栈橋で女房の無事を願うサキチに事情を説明した。

彼がウウッと泣き崩れると、彼女はリキオーたちのほうに歩いてきた。

「ご足労掛けて申し訳ない。どうやら無駄足だったようだ」

「あの方は大丈夫なのでしょうか」

「あの男もわかってくれる」

アネッテが心配そうに連れ合いを亡くした男を気遣う。シヅは悲痛な表情を浮かべており、口では厳しく言ったものの、内心ではそう思っていないのがありありとわかるほど憔悴《しょうすい》していた。

その日、リキオーたちとシヅが番屋で待機している間にドウシンやオカが報告した不明者は三名にのぼった。

リキオーたちは夜が明ける頃に、自分たちに充てがわれた宿舎に戻ってきた。

マリアとリキオーはそういうものだと割り切っていたが、アネッテは街の人々が魔物に襲われて命を落とすことに心を痛めているようだった。

「マスター、私たち無力ですね。どうにかできないんでしょうか」

「やはり問題は時間との勝負なんだよな。今の状態だと事件が発生して駆けつけるまでに魔物に逃げられているんだ」

「私たちが駆けつけてもすでに手遅れのようだな」

どうしても人の足では移動に難がある。報告が上がってきて出掛けていっても、魔物はすでに別の場所に移動しているということが起きていた。

そこでリキオーは思いついて告げる。

「そうだ。こういう場合はハヤテたちにやらせたほうが早いだろ」

「ハヤテさん、ですか」

「ああ、俺たちの戦闘でも、ハヤテの超感覚で敵の配置とかを事前に知ることができるからな」

リキオーは、ハヤテの超感覚の凄さを説明するために、獣人連合の拠点にいたときにグリード忍軍たちと共闘したことを、アネッテに説明した。

そのとき、戦場のどこに倒すべき敵がいるか、そして脅威度を過去の経験から一瞬で判定し、それをパーティで共有したマップ機能に反映し、といったことをハヤテはやってのけたのだ。

「明日、シヅ殿に提案してみよう」


翌日、例によってシヅがその日の警護のために、屋敷の外にいたリキオーたちを呼びに来た。

「シヅ殿、提案があるのだが」

「なんでしょうか」

「うちの二匹、ハヤテとカエデに街の警護を任せたいんだが」

「は？」

シヅが素っ頓狂な声を上げる。

今までハヤテとカエデは手持ち無沙汰だった。

リキオーに言われて街を飛び出し、見慣れぬ山野を駆け巡り、時折出会う魔物は始末したりしていた。そうしながらも、カエデはたびたび影の中から姿を現しては、リキオーたちと連絡を取っていた。

ハヤテの超感覚ならエッドの街ぐらいなら軽々とカバーできる。そこにカエデの影の移動が加われば百人力だ。

「そういうわけで、ハヤテ、カエデ。お前たちの出番だ」

しっぽをブンブン振って主の要請に嬉しそうに体を擦り寄せてくるハヤテ。彼とは対照的にリキオーの撫でる手に目を伏せて体を任せているカエデ。

「あ、あの、リキオー殿？　その二匹はあなたの言葉がわかるのですか」

「ええ、こいつらは俺の家族なんで。なあ？」

差し出されたリキオーの手を、ハヤテがガブリと腕ごと呑み込んだ。

空気を読まずに主にじゃれつくハヤテに、アネッテがクスクスと笑い声を漏らす。

リキオーとプロレスを始めたハヤテの姿に、シヅはポカンとしている。カエデは二人から距離を取ってマリアに寄り添っていた。

「……大丈夫ですよね？」

「シヅ殿、ご主人と彼らの意思疎通は完璧だ。安心されよ」

マリアがカエデの首筋を撫でながら言う。

その姿を見て街の人は手を合わせ感謝を示してくるが、当のハヤテは「ハテ？」と頭を傾げていた。

11　お犬様の活躍

ハヤテはエッドの街の警護に出た。勿論カエデも一緒だ。

ハヤテとカエデを見た者は、巨大な白と漆黒の狼が疾駆《しっく》する姿に、畏怖《いふ》を抱いた。

シヅは二匹を目の前にして改めて唖然としていた。

「リキオー殿、そのハヤテ……殿に街の警護を任せるというのは、やはり――」

「大丈夫です、信じてください！　それとシヅ殿、明日一日、ハヤテたちを連れて街を案内してやってくれませんか」

「案内……ですか？」

「ええ、ハヤテたちは獣の特性でもう街の地理については把握していますので迷うことはありません。でも、街の人たちにとっては、私たち外の者が連れてきた野獣、恐ろしい化け物という印象があると思いますので」

「ああ、そういうことですか」

「ええ、街の人たちからの信頼が厚いあなたにハヤテを同行させれば、きっと警戒されることもなくなると思いますし、今後の警備にも役立つでしょう」

シヅは半信半疑で腫れ物を触るようだったが、ハヤテとカエデを連れて街に出てくれることになった。

シヅが初めにやってきたのは、街の顔役のところだ。シヅを見ると彼らは、街の安全を守ってくれていることに感謝を示した。

そして、シヅが連れている獣について尋ねる。

「ところでシヅさま、こちらの二匹は何なんでございましょう。とても恐ろしい獣のようですが」

「不安も尤《もっと》もだ。しかし、この者たちは人の言葉を理解する神獣なのだ。我らが街の警護に不安があると申したらご助力を申し出てくれてな」

「は、左様でございましたか。しかし恐ろしい姿ですな」

「こちらの白いのがハヤテ殿、黒いほうがカエデ殿だ。粗相《そそう》がないようにな」

「ははーっ」

ツナトモ公を最後まで守り抜き、生き残っている忠臣の中では、シヅは最高位の家人である。そのため、街の住人から尊敬を集めているので、そんな彼女が連れているとなれば、ハヤテとカエデの二匹も、もう安全のお墨付きを得たようなものだ。

そうは言っても、第一印象の恐ろしさというのはなかなか抜け切らないもの。しかし、そんなイメージを覆すような出来事が起きた。

どこにでも物怖じしない子供はいるもので、親が目を離した隙にハヤテに近づいてしまったのだ。

子供は無邪気にハヤテの鼻面をペタペタとたたいてキャッキャッと笑っている。

子供の声にハッとして我に返ったシヅと子供の母親だったが、ハヤテは子供を器用に鼻で持ち上げて、頭の上に移動させた。そしてくるっとその場で回転してみせ、おろおろと慌てている母親のほうに鼻先を突き出すと、背中を持ち上げて子供をそのまま滑り落とした。

子供は終始キャッキャッと楽しげに笑い続けていた。

「ハヤテ殿、ありがとうございます」

ホッと安心のため息を吐いたシヅの感謝の言葉に、ハヤテは短く「ウォン」と吠えて答えるのだった。


初めの二日ほどは、シヅがハヤテを連れて歩いたが、彼女もそうそう暇ではないため、三日目からはハヤテだけで街を闊歩《かっぽ》することになった。

初日に子供を乗せた件が噂になっていて、ハヤテが来ると子供たちはハヤテに近づいて、その背中に乗りたがった。

ハヤテも子供たちを丁寧に扱うことには定評がある。

彼は、インベントリや力場を使いこなせる器用さを持ち合わせており、決して子供たちを怪我させるようなことはなかった。

そして、子供が慣れてしまうと、その保護者たちもハヤテに気を許していく。

ハヤテたちが警備するようになってから四日目ともなると、彼らはどこでも歓迎されるようになっていた。

そんな風に街で人気者になっていく一方でハヤテの影でカエデが辺りを警戒し、魔物の気配があれば誰にも気づかれないように始末していた。

「スリだっ、誰か捕まえてくれッ」

突如として街に響き渡った声にハヤテは反応する。

彼はバッと高くジャンプすると、スリの現行犯の着流しの若い男に狙いを定め、人混みに紛れて逃げようとしている彼を上から押さえ込んだ。

勿論、ハヤテの体重をそのまま受けてしまえば彼は潰れてしまう。

そのため、カエデが影から男の足を引っ掛けて倒し、そこに上から落ちてきたハヤテが前足の片方だけ乗っけて男の背を押さえ込んだ。

街の警察機構であるドウシンがえっちらおっちら駆けつけるまで、スリの男はハヤテに押さえつけられたままでいた。

それを見ていた多くの人たちが「ありがたや、ありがたや」と拝む。

翌日のかわら版でこのことが報じられ、ハヤテたちの人気は確実なものになった。

ハヤテが通るたびに、拝んだり親しげに微笑んで見送ったりする人が急増する。「お犬様」として慕われ、すっかりエッドの街に馴染んだハヤテだった。

＊＊＊

とはいえ、ハヤテ自身はこんな街中の活動は好みではなかった。カエデとどこまでも一緒に駆けることが好きなのだ。だが、今回はご主人様の「お願い」だから特別だ。

「ウオッ！　オオオオン！」

魔物の臭いを感じ取ったハヤテは吠え声を上げ、ダッダッと風を切って宙を駆ける。

ご主人様に教えられたこの技で、ご主人様に与えられたこの力で、敵を引き裂いてご主人様に喜んでもらうのだ。すべてはご主人様の微笑みのために。

街は夕暮れになりかけ、人は家に帰るか、飲み屋で一杯引っ掛けようかという頃。それは、柳の木の陰から姿を現した。

どう見ても、その体躯が木の細さに隠れようはずもない彼らは、木陰から染み出した別の次元からやってきたのだ。

地の底から恨みだけで湧き上がってきたように形を為したそれは、四つん這いになってぎこちなく手足を動かして獲物を探している。ギョロギョロと視線の合っていない目玉を動かして徘徊する姿は、その四肢に別の魂を強引に嵌め込まれたかのような不自然さだ。

それはくんくんと無骨な鼻を蠢《うごめ》かすと、一定の方向へと手足をばたつかせて移動を始める。何か、獲物を見つけたようだ。だらしなく締まらない口の端から吐き気を催させる臭いを撒き散らし、涎《よだれ》を噴きこぼしながらヘッヘッと歓喜に打ち震えている。

その手が、誰かの家の戸に掛かろうとしたとき、家と化け物の間に割り込んだのは、ハヤテだった。

「グルルルル」

「ググゲッゲッゲ」

互いに威嚇の吠え声を上げながら対峙する二匹の獣。

獲物を腹に収める欲望に痺れを切らした化け物は、バタバタと激しく大地を蹴りながらハヤテに肉薄する。

しかし、タンッと大地を蹴ったハヤテは、視線をその化け物に固定したままクルッと垂直に回転した。そして、化け物の振り上げた最初の一撃を軽やかに躱すと、前足からブレードソーンを展開する。シュバァアッと、ハヤテの前足の防具の側面から放たれた緑色の光は、鋭利な弧を描く。

化け物の後ろを取ったハヤテは、バッと地を蹴ると一閃。禍々しい魔物の腕を切り飛ばした。

青黒い血潮を撒き散らしながら、化け物はギョロギョロと眼を蠢《うごめ》かす。

しかし化け物は、本能的にハヤテの位置を悟って、どこにそんな力が残っていたのか、残った足と手で体を飛び上がらせると、臭気漂う口を広げた。

そして、ハヤテに噛みつこうと飛びかかる。

だが、ハヤテも彼のご主人様から授けられた力、力場を敵の正面に鋭角に展開して、真っ向からぶつかっていく。

「グェェェッ！」

化け物とハヤテは、宙で衝突した。

ハヤテの力場に生きながら粉砕されていく化け物は、断末魔の叫びを響かせながら全身をなますに切り刻まれていった。

ハヤテが力場を収納し、大地に降り立ったときには、もう決着がついていた。

地面に、気持ち悪い汚物となって降り落ちた化け物の肉片は存在の力を失い、シュウシュウと煙を上げて蒸発していく。

ハヤテがその化け物を始末している間に、カエデは別の場所で他の魔物を処理していた。

その夜、ハヤテとカエデが処理した魔物の数は優に五十を超えた。

空が白々と明け始める。カエデと交感し合い、それぞれ無事に仕事を果たしたと知ると、ハヤテは敬愛するご主人様の元へと嬉しそうに疾駆していった。

二匹の、エッドの平和への貢献度は非常に高いものになっていた。

ハヤテが主に陸上の魔物を始末する一方、カエデが駆除した魔物は水棲のものが多かった。思っていた以上に、ハヤテとカエデは活躍してくれたようだ。

それらの情報はアネッテを介してリキオーに伝えられ、シヅに経過報告すると、彼女は驚いていた。

「こんなにも多くの魔物が入っていたなんて」

「予想よりも酷いな。今までも知らないところで被害が出ていたんじゃないか？」

「きっとそうなのでしょう」

シヅは沈痛そうな面持ちでギュッと拳を握りしめて悔しそうだ。彼女が愛するエッドの民の命が奪われたのだから当然だろう。

それと、彼女の主ツナトモ公の家がかつてこの街に作ったという結界がうまく機能していないのも問題だった。

しかしリキオーには、さらに不思議に思っていることがあった。

彼らがここに来るまで、何度となくエッドの街を襲っていたというキュウビが鳴りを潜めているのだ。ツナトモ公の部下たちのほとんどが討ち取られ、キュウビに傷を与えたわけでもない。それにもかかわらず、キュウビに動きはない。

何か不吉なことが起こるかもしれない。そんな悪い予感に、背筋を震わせるリキオーだった。

12　予備調査

ハヤテとカエデが街の警護に当たっていた頃、リキオーたちはサボっていたわけではない。彼らは街の外、主に山側に出て、キュウビのねぐらを探していた。

シャポネには、何もエッドの街だけがあるわけではない。

「タイショー」のツナトモ公の上に、「ショーグン」という王がいるエッドが首都であり、その他、東にミット、西のオワリャ、南にはキシュという街が存在している。そしてそれぞれの街を、ショーグンに仕える「ハタモタ」という身分の貴族が街を治めている。

エッドの街の東西南北には、各都市を繋ぐ街道があるのだが、北と西の街道は山に面しているため、実質今は封鎖されていた。南は海に面していて、エッドの通商・交易を担っている。

だが、その通商・交易も停滞を余儀なくされていた。

先日、リキオーたちが街で警護しているときに遭遇した事件のように、エッドの河川から侵入してくる魔物のためだ。今はまだ物資に余力があるものの、いずれ貧窮を強いられるようになるやもしれない。

リキオーたちは、封鎖されている街の北側を抜けて、山側の農村まで来ていた。

以前シヅから話を聞いていた通り、街の外はどこも陰気が漂っており、とても一般人が通り抜けられるものではなかった。

「これはやばいな」

「うむ」

街道は両側を木々に覆われていて、昼間なら日差しから身を隠すのにうってつけとも言えるが、陽の光が差している今でさえ、木陰からは胡乱《うろん》な空気が漂っている。

マリアはアークセイバーを抜き払い、盾を構えて油断なく前方を見据えた。

リキオーは破魔弓を取り出して、無造作に弦を引くと矢を番《つが》えた。そこら辺に魔物の気配がするので、テキトーにどこを撃っても魔物に当たりそうだ。

リキオーたちにしてみても、この辺りの魔物に対しては知識がない。だから出会い頭《がしら》にとりあえず当たるに任せて戦ってみるしかない。

昨日、シヅにも魔物の情報を求めたのだが、どうやら魔物の名称を類別しているわけではないようで、その手の情報はほとんど得られなかった。

街道を取り巻く木々に向けて矢を撃ち込むと、ガザガサと物音を立ててそいつは現れた。

リキオーが目を凝らすと、名前が表示される。

「ヤギョー」という名前のその魔物は、首のない牛に乗っていて、顔は牛そのものだった。手にした黒い数珠《じゅず》をジャラジャラと鳴らしながら、無言でこちらに近づいてくる。

「見たことがない魔物だな」

「どんな攻撃を仕掛けてくるかわからないぞ。油断するな」

「防御呪文を掛けます」

アネッテは、パーティ全員に物理耐性の【プロテクトヴェール】を掛け、マリアには行動を若干加速する【アクセレーション】を掛ける。

マリアは、のそのそとこちらに向かってくる魔物に、イライラしたように駆けだすと、「タアッ」と声を上げて魔剣を振りかぶった。

袈裟懸《けさが》けにマリアが斬りつけると、ヤギョーというその魔物は奇妙な動きをして、彼女の一撃を避けた。

「お」

まるでスローモーションのように残像を残しつつ、剣先を回避するヤギョー。アネッテは警戒して弱体魔法を唱える。

「【ディアサイズ】！【パラライザ】！【バスター】！」

光系スリップダメージ付与、麻痺《まひ》、雷系スリップダメージ付与と、アネッテから放たれた弱体魔法がヤギョーに連続して掛けられる。

もしヤギョーの魔法抵抗力が高ければ、アネッテの初期弱体魔法は掛からないはず。しかし、どれも掛かったようで、ヤギョーはビクッと体を震わせて動きを緩めた。

「ん、これならあんまり警戒しなくても大丈夫かな」

リキオーがそう呟いていると、マリアが盾を思い切り突き出し、【シールドストライク】をヤギョーへと放った。ヤギョーにスタンが入り、一瞬動きを止める。

そこへさらに「たぁぁッ！」と鋭い声を上げて、マリアが突き連続攻撃の【ソードラッシュ】をお見舞いする。ガガガッという鋭い音とともに、ヤギョーは乗っていた首なしの牛と一緒にその姿を散らした。

「よしっ」

マリアは、自分がとどめを刺せたことに満足げに唸った。

三人に経験値が入ってくる。レベルが上がるほどではないが、そこそこ美味い経験値を得られた。

「よし、今のパターンでやってみよう。俺がまずファーストアタックで魔物を釣るから、マリアが斬りかかってヘイトを引き受けてくれ。そのあとはアネッテが弱体魔法で強さを確かめたら、できるだけ色々試してみる方向で」

「はい」

「わかった」

それぞれがやるべき仕事を理解して戦闘に臨むと効率は格段に向上する。それからリキオーたちはこの地方に出る魔物を危なげなく処理しながら、データを集めていった。

日が暮れてくると大事を取って早めに戻る。やはり魔物は昼間に出るものよりも夜に出るほうが本番だ。

13　破邪《はじゃ》の鎧

「失礼します」

シヅが部屋に入ってきたとき、リキオーたちのところにはまだ調理場から膳が運ばれてきていなかった。アネッテは、奥のかまどで緑茶を淹れて飲み、空きっ腹を紛らわせていた。

母屋《おもや》のほうにある調理場から、下働きの女性が人数分の食事を膳に載せて運んでくる。お櫃《ひつ》に入れられているのは勿論白米で、リキオーはモンド大陸のシェラザードホテルで食べて以来の米に喜び、何杯もおかわりした。

アネッテは自分で調理をしたがったが、ここでは居候《いそうろう》の身でもあるので無理は言わず、異国の料理を愉《たの》しんでいた。

マリアは肉が出ないことに不満を覚えつつも鬱憤《うっぷん》を晴らすが如く、リキオーと競り合うようにおかわりをしまくっていた。

食事する彼らのそばでずっと控えていたシヅにリキオーが問う。

「どうしました？」

「はい、実は主、ツナトモ公が食事を取れるほど元気になりまして、今は少し起きられるようになりました。そこで、先日の戦闘でお世話になった皆さんと会食したいと仰《おお》せなのです。もし宜《よろ》しければご一緒しては戴《いただ》けませんか」

「ええ、構いませんよ。礼儀などは期待しないでいただけると助かります」

「はい。では、夕食の際においでください」


夕食の時間となり、シヅのあとに付いて、リキオーたちは母屋に入っていく。

服装は先日、街を歩き回ったときと同様、リキオーは着流し、マリアは浴衣、アネッテは着物だ。今日のアネッテは頭巾はしていない。

さすがに、この街に来てもうそろそろ一週間になるので、屋敷内で調理場や長屋を行き来するうちに、好奇の目線で見られることはなくなった。

そうは言っても、アネッテの美しい容貌やマリアの成熟しきった体から発せられる色香は隠しようもない。若い男が通りかかり、ポウッと顔を火照《ほて》らせて立ち尽くしているという光景を見るのはしばしばだった。

母屋に入るときに靴を脱ぎ、足袋《たび》を履いているアネッテ以外は、それぞれ裸足でペタペタと磨き抜かれた木の廊下を歩いた。

一番奥の襖《ふすま》の間で、ツナトモ公が布団から半身を起こした状態で待っていた。

傍らには、公が運び込まれた際にリキオーたちに頭を下げた后がいて、やんわりと微笑みを浮かべてリキオーたちを出迎えた。

「いらっしゃいませ。今宵《こよい》は皆様のために夕餉《ゆうげ》の用意をいたしました。どうぞ、お気楽になさってください」

「夕食へのご招待ありがとうございます。外の者ゆえ、不調法なところはどうかお許しください」

「まあ。リキオー殿はご謙遜なさらないでくださいませ。さあさ、お客様をお待たせしてはなりません」

后が、パンパンと静かに手を叩く。

リキオーたちの前に、普段の夕食の膳とは打って変わり、贅沢な食事が運ばれてきた。

マリアは肉が出てご満悦のようだ。アネッテは前に盛られた料理の美しさに頬を染めて感動している。

「リキオー殿、先日は私たちにご助力してくださったばかりか、街の警備にまで協力してくださり恐悦至極です」

「まあ成り行きで引き受けたわけですが、私たちも少々訳ありでね。シヅ殿には少し話しましたが」

「聞きました。なんでも竜の戦士であるとか。にわかには信じかねますが、いや申し訳ない。あなた方の強さを見るに、それも不思議ではありませんね」

ツナトモ公は上の立場にありながら物腰は柔らかく、リキオーたちに対しても対等に接してくれた。

「ところでリキオー殿、貴君の鎧を見せてもらっても構わないだろうか。理由を申せば、先代のものによく似ていたようなのです」

「ああ、いいですよ」

リキオーはパーティ画面を操作して、アバター画面から、セットされている鎧を、何もない空間から取り出した。

このリキオーの鎧は、「蒼天流《そうてんのながれ》早乙女《さおとめ》真家具足《しんかのぐそく》」という長ったらしい名が付いている。しかし、この世界に落ちてきたとき、胸のパーツや兜《かぶと》、靴に当たる部分が欠損していた。

目の前で、リキオーが何もない空間から鎧を出したのを見て、ツナトモは唖然としていた。

「い、今、どこからそれを取り出しなされた？」

「ああ、説明が難しいのでそういうものだと思ってください。我々は手ぶらに見えますが、一瞬でフル装備に着替えることができるんですよ」

「め、面妖な……いやはや、貴君には驚かされることばかりだ」

ちなみに、リキオーが取り出した鎧を気軽に渡してしまったのは、アバター機能があるためだ。

一度アバター画面に設定しロックした装備は、たとえ本人から取り外しても一瞬で取り戻すことができる。この機能があればこそ、獣人拠点で拘束された際に武器を奪われた際も、全く不安はなかったのだ。

家人の手を経由して、リキオーの鎧の一部を受け取ったツナトモ公は、その拵《こしら》えを食い入るように見つめていた。

「ううむ、やはり……」

ツナトモ公は満足したように深く唸った。

「その鎧がどうしましたか？」

「はい、貴公は私の家系がどんなものか、シヅからお聞き及びかな」

「ええ、一応は。なんでも破魔の家系であったとか」

「そうです。今はもう失われて久しいですがね。それに関係するのですが、この家にもリキオー殿の鎧とよく似た、破邪の鎧が伝わっていたのです」

ツナトモ公は一旦そこで話を切ると、今一度、畳の上に置かれたリキオーの鎧をまじまじと見つめた。

「そして、その鎧を取得するための試練がこの街の近くにあるのです。リキオー殿、もしあなたにその気があるのなら、試練を受けてみては」

「その試練を突破し、破邪の鎧を獲得した場合、何か利点があるのですか？」

「リキオー殿、先日のキュウビとの戦いで、何か違和感がありませんでしたか？」

公はリキオーの質問に答えず、さらに質問で返してきた。

リキオーは先日の戦いを思い出してみた。

そのときリキオーは体に水竜イェニーからの金色の加護を受け、ツナトモ公の助太刀とばかりに正宗を抜いてキュウビに斬りかかった。

キュウビは恐ろしい声を上げ、後ろに下がった。

そして、正宗の刃が奴に届こうとしたとき、カイーンという妙に軽い響きとともに刀が撥《は》ね返されたのだ。勿論、キュウビにはダメージを一切与えていない。

「もしかして、奴を倒すにはその鎧が必要なのですか」

「その通りです。あやつは本当の意味では倒すことはできません。破邪の鎧の力によって、侍タイショーとなり、調伏する必要があるのです」

それを聞いてリキオーは、イェニーからの依頼が面倒なことになったと気づいて、内心で頭を抱えた。

確かに彼女からは、リキオーの強化の提案を受けていた。

詳しいことは何もわからずに送り込まれたが、どうやらシャポネの敵であるキュウビを倒すことが帰還の条件であるらしい。

「それは……困りましたね」

「先日の戦いでキュウビが我々をあと一歩というところで殲滅《せんめつ》できずに去ったのは、破邪の鎧と似たリキオー殿の鎧に反応したのでしょう」

ともあれ、リキオーがその破邪の鎧を取得すべきというのは明らかだ。

キュウビは幸い鳴りを潜めている。いつ襲撃してくるかはわからないが、ハヤテたちによって街の防衛にはなんとか目処《めど》が立った。

だが、早晩襲撃が来るのは間違いない。キュウビは御遣いのしもべなのだから。

「わかりました。どうやらその試練を達成し、破邪の鎧を獲得せねば我々も依頼主に託された要請を完了することはできないようです」

「おお、ありがとうございます。我らはリキオー殿の試練突破について全面的に協力しますぞ」

リキオーの隣で彼の表情をずっと眺めていたアネッテは、フウとため息を漏らした。

自分の主がまた厄介事に巻き込まれたと。

それでも彼女は受け入れて付いていくしかない。そうやって彼と行動をともにして、いろんな世界を見てきたのだ。

14　天翔《てんしょう》の儀《ぎ》　青龍《せいりゅう》

リキオーたちは、起きられるようになったツナトモ公とともに、霊山の一つ、東の青龍《せいりゅう》牙峰《がほう》に来ていた。霊山の麓《ふもと》には、それぞれ神社が建っていて、みだりに権利がない者を入れないようにしているらしい。

事ここに至っても、リキオーは疑問を抱えていた。

常に自分とともにあった愛刀、そして侍の鎧。ずっと不思議だった。どうして鎧が欠けた状態でこの世界にやってきたのか。

「ここの主は龍らしいが、俺たちも一応ドラゴンの戦士なんだけど戦っちゃっていいのかな」

最も親交のある水竜イェニーはいつもチャイナドレスっぽい格好をしているので、西洋のドラゴンの竜体をしているとはいえ、東洋の龍の仲間なのではと思わないでもない。リキオーがそんなことを考えていると、頭の中に浮かんだイェニーは「馬鹿者」と罵《ののし》った。

巫女が粛々《しゅくしゅく》と告げる。

「この霊山の主は古《いにしえ》から生きている。だが、厳密には生物ではありません。この試練のためだけに存在する者です。一応、神獣ではありますが、あなたたちの主であるドラゴンとは違う存在でしょう」

「はあ」

「リキオー殿、貴殿のその刀、正宗を」

「はい」

リキオーが鞘に収まったままの正宗を携えて、巫女の掲げる鏡の前に立つ。すると、まるで日食のようにリキオーの影が欠けていく。

シャン、と鈴の鳴る音がするたびに、リキオーの影が薄くなっていき、そして最後の鈴の音が響いた瞬間。

眩い閃光とともにリキオーの姿は消えていった。

「マスター？」

アネッテが閃光の中でリキオーを呼びかける。が、返事はなく、光が収まったときには彼の姿は掻き消えていた。

「ご主人！」

マリアはキョロキョロと周囲を見回してリキオーの姿を探す。だが見つからず、アネッテと二人、蒼白になった。

「大丈夫だ、お二方《ふた》。リキオー殿は霊山に入山する資格を得たのだ。今頃、山の中にいることだろう」

ツナトモ公がアネッテとマリアを安心させるように言うが、二人はその言葉を聞いても安心することはできなかった。

一方、リキオーは突如として体が光ったと思ったら、緑の深い山の奥に落とされていた。痛めた尻を撫でながら呟く。

「いててて、ここはどこだ？　霊山の中なのか？　畜生、てっきりパーティでクエストに挑めると思ったのに。この状況、やっぱり俺一人でやれっていうことなんだろうな」

アネッテたちに連絡を取ろうにも、パーティの念話は使えない。しかしパーティのリストは見ることはできて、二人とハヤテたちの名前があったので、彼女たちが無事なのは確認できた。その他の機能が使えるかどうか確かめるが、特に支障がないのがわかり安堵する。

一人での戦闘となると、いつぶりぐらいになるだろうか。思い返してみれば、ずっとパーティでこの世界を駆けてきたのだ。

そう、アングラーのときが最後だろう。あのあと、アネッテと運命的な出会いを果たし、トントン拍子でマリアを得た。その頃になるとハヤテも体が大きく成長し、戦いに参加できるようになった。

今回は久し振りの一人だが、不安ではない。

アングラーを倒した頃なら、石橋を叩いても渡らないほどのチキンだっただろうが、グリード忍軍と共闘し、忍者という新たな力に覚醒した今なら、一人でもパーティと変わらない力は出せよう。

「フフッ、いい腕試しだ。俺の力だけでどこまでやってやれるか試してやろう」

リキオーは正宗を鞘から抜いて、そして反対側の腰に差していた忍刀の不動《ふどう》も引き抜く。

続けて、不動を眼前に構えて、分身体を張る【心眼《しんがん》】の呪文を唱える。一瞬、リキオーの足元から黒い影が揺らめく。

グリード忍軍と行動をともにしたことで得た莫大な経験値で、メインジョブの侍もレベル50に達し、とうとう侍の奥義である秘剣【空牙《くうが》】を会得した。

本来のゲームであればクエスト報酬として得られるはずであるが、おそらくグリードたちとの共闘で認められたのだろう。【空牙】は強力無比な刀技《とうぎ》で、どの連携の締めにも使える。しかも、普通、刀技連携をすると最後に大きく隙ができるが、【空牙】の場合それもない。

リキオーは森の中の獣道を、気配を探りながら進んだ。

ここは龍がいるという霊山だ。入山の資格を得ているとはいえ侵入者であるリキオーに対して、敵がいつ襲ってくるかわからない。

歩いていくと、ドドドと水が激しく落ちる音がしてきて、少し広い場所に出た。

深い谷になっている部分に、高い崖から水が激しい水音を立てて流れ込んでいる。ここの主、龍といえば水棲モンスターだろう。格好の舞台だと思う。さっきから肌に突き刺すような殺気がビンビンと纏わりついてくる。

「いいぜ、いるんだろう？　霊山の主よ。さあ、やろうぜ！」

「グワアアアア！」

リキオーの言葉に誘われるように、東洋のドラゴン、蛇《へび》のように長い体で長い髭《ひげ》と鹿のようなツノを持った龍が現れる。

それは、滝の流れ込んでいた水面を突き破って姿を見せ、リキオーより遥かに高い位置から睥睨《へいげい》してきた。

鑑定を働かせると、流石に神獣らしく詳しい情報はわからなかったが、名前だけは見て取れた。それによると「青龍」というらしい。

リキオーはニヤリと不敵に笑うと、ダンッと足を踏み下して急激に飛び上がった。そして一気に青龍の目線と同じ高さまで上昇する。

リキオーが開発した生活魔法の一種、力場を使用したのである。これを使うと、ハヤテのスキルである【二段ジャンプ】のようなことができるし、前方に張ればバリアのように敵の攻撃を弾くこともできる。

青龍と対面し、その表情から知性のなさを見て取ったリキオーが呟く。

「ほう、さすがに真竜族とは違い、人の言葉を話すほど知能は高くないのか。これじゃ話し合いにはならないか」

リキオーも、話し合いでクエストクリアできるとは思っていなかったが、今まで真竜族という知性を持ったドラゴンに会ってきているせいか、意思疎通くらいは取れるのではないかとも期待していた。

青龍は自分のいる高さまで一瞬で飛んできたリキオーに激しい敵意を剥き出しにして「ガァァ！」と吠えると、乱杭歯《らんぐいば》を覗かせる口から雷を撃ち出してきた。

しかしリキオーは不敵な笑みを浮かべたまま、左手に構えていた忍刀・不動を鞘に収める。そして、右手の正宗も鞘に収めると、居合抜きのポーズを取って青龍を睨んだ。

青龍の口から放たれた雷はリキオーに当たるかと思われた瞬間、目の前の何もない空間に撥ね飛ばされ四方に散っていく。

青龍は、自分の攻撃が躱されたことに不機嫌になり、長い体をくねくねと振り回して「ギャアギャア」と吠える。

「次はこっちの番だな。俺の新たなる力、試させてもらうぜ」

グッと前に傾いたリキオーの体の周囲に、黒い渦が幾つも湧き上がる。

しかし、青龍はヒトのすることなど歯牙《しが》にも掛けないとばかりに、長い体を振ってバシンバシンとリキオーを打ち落とそうと攻撃を仕掛けてきた。が、すべてリキオーの力場のバリアで弾かれてしまう。

青龍は、緑色の鱗に覆われた全身に紫電《しでん》を纏わせると、続けて前足の鋭い爪に雷を伝わせて襲いかかってきた。

「そう、慌てなさんなって」

リキオーはニヤリと笑う。

「いくぜぇッ！　食らいなっ、秘剣【空牙】！」

リキオーが鯉口《こいくち》に掛けた手を引きかける。

すると、僅かに見えた刀身からさらに黒い渦が飛び出した。それは、リキオーの周囲を取り巻いていた幾つもの黒い渦を引き剥がして、一斉に青龍に向かって飛んでいった。

青龍はその巨大な気配に危険を感じたのか、リキオーと戦いの中で初めて後ろに下がろうとした。しかし、空間に縫い止められたように動けない。青龍は、自らの体が思い通りにならないことに不機嫌そうに「グワァァ」と吠えた。

次の瞬間、リキオーは居合抜きのポーズから正宗を引き抜く。

そのとき青龍は、信じられない光景を見た。四方八方のどこからか、光の斬撃が飛来してきたのである。

それらは青龍に直撃し、これまで何者にも触れさせることも傷つけさせることもなかった鱗を弾け飛ばした。直撃した箇所は、その内側の肉まで深々と切り裂かれていた。

「グワァァァァ！」

青龍は生まれて初めて味わった痛みに吠えた。

青龍はリキオーから距離を取る。そうして傷ついた体から生み出される痛みをこらえ、リキオーをギラギラと憎しみが籠《こも》った瞳で睨みつけた。

「ふぅむ。さすが神獣か。奥義とはいえ一撃で沈むほどではなかったか」

リキオーには自分の攻撃の結果を冷静に判断する余裕があった。

レベルが50に達し、カンストした結果得た刀技【空牙】。これは、侍の最終奥義だ。

属性は光であり、同時に無属性。

居合抜きのポーズから刀身を振り抜くと、鞘の鯉口から光の奔流が放たれ、無数の分身体を重ねた攻撃が繰り出される。

幾つもの軌道を描いて飛び出す無数の斬撃は、回避不能だ。

しかも今回、リキオーは力場を使い、青龍の行動を束縛した。そのため、ダメージは大きく加算された。

（そろそろ強モードくるか？）

こういったイベントモンスターの場合、往々にして段階を踏んだモードチェンジで強くなる。以前に相対したモンスターだと、エルフの森の守護神だった鹿神タングニョーストがそのタイプだった。

タングニョーストは一定のダメージを被ると金色の光を全身から放ち、四神の専用スキル【オーバーブースト】を使ってきた。その際はパーティで協力して「粉塵爆発」を使って事なきを得たのだが、今回はリキオーただ一人だ。

青龍は全身から稲妻を放出しながらリキオーから距離を取り、上へ上へと昇っていく。

「まさか、逃げ出すのか」

そう思っていると、どうも様子がおかしい。

さっきまで雲一つない天気だったのに、一転してどこから湧いたのか、黒々とした雲がゴロゴロと雷の音を鳴らしながら広がっていき、雲の所々からピカッと稲妻の光が放たれる。

雲海の中で何度も禍々しい光が瞬いたかと思うと、再びそれは現れた。

青龍だ。確かにさっき戦った青龍だ。その証拠に、鱗に深く刻まれた切り口から青い血を流している。

しかし、さっきまでの青龍とは思えないようなオーラが金色に輝き、爪には雷を纏わせている。

青龍の体の周囲には雷が棒のような形を維持し、それが何本も蠢《うごめ》いていた。

「くっ、さすがにあれを何本も食らったら、力場のバリアとて持ちそうにないぜ」

苦境には違いないはずなのに、リキオーの唇の端に浮いているのは笑いだ。どうやら歓喜しているらしい。命のやり取りをする戦場で高揚しようとは。

「なれば、俺も最大奥義でお応えしなくてはな」

リキオーは正宗の刀身を鞘に収めると、忍刀・不動を引き抜いて眼前に構える。そして、【心眼】【瞑想《めいそう》】【八双《はっそう》】「刀技アーツ」と、立て続けに発動させる。

【心眼】は、分身によって敵の攻撃を確実に躱すスキルだ。忍者を獲得した今、メインジョブ侍のスキルと、サブジョブの忍者の分と合わせ、その分身の数は二枚。

【瞑想】は、連携攻撃の際に刀技で消費するＭＰを一時的に減らすスキルだ。

【八双】は、攻撃の威力を一時的に上げる。

今回はじめて使う「刀技アーツ」は、リキオーの生活魔法によって作り出した次元の穴、ポケットを攻撃に使う技だ。

アーツは元々、アネッテのために作られた生活魔法である。ポケットというインベントリに似た空間に、彼女がよく使う回復や攻撃の魔法をストックしておいて連続使用を可能にするものだ。

それを刀技に応用したのが、今回の刀技アーツで、使い方は一緒だ。発動のタイミングは自在にコントロールが可能。それぞれのスキルを発動するたびにリキオーの体が光り、威圧感を増していく。

青龍もバリバリと紫電を纏わせ、その体に雷撃のエネルギーを蓄積させていく。

どうやらリキオーを一人のヒトと侮《あなど》るのをやめたようで、最大火力で迎え撃つようだ。

「いくぜぇッ！　雪華乱舞《せっからんぶ》、乱れ」

リキオーは空中で正宗を引き抜くと、大上段に構えて振り下ろす。するとリキオーの周囲に白い輝きが展開される。

雪華乱舞は、かつてリキオーがまだモンド大陸でソロで活動していた頃にアングラーという国家災害級の魔物を倒すのに使った、刀技の連携だ。連携を行うと、相手により大きなダメージを与えることができるのだ。

「【刀技必殺之四・把塵《はじん》】！」

青龍に対抗するように、こちらも雷を纏う。

だが、その雷撃は青龍を襲うことなく、リキオーの周囲に空いた空間の穴、ポケットに吸い込まれていく。

リキオーはその場で体を捻り、回転しながら刀身を振るう。まるで舞っているかのようだ。

それを見た青龍は、愚弄《ぐろう》するように鼻息を漏らした。そして、体をくねらせて纏っていた雷撃の棒を解放し、リキオーへと撃ち出す。しかしその間も青龍は、その牙の間に、さらに力を溜め込み続けていた。

雷撃が直撃し、ガガガッと激しい打撃音が響いて、リキオーを守る力場が吹き飛ばされていく。片目でその光景を追ったリキオーは「チッ」と舌打ちする。バリアがすべて剥がされれば終わりだ。

しかし、リキオーは精神集中に努めて冷静になる。そして再び居合抜きの体勢に戻ると鯉口を切り、そしてすぐに刀身を鞘に収めた。それから一気に抜き放ち、次の刀技を放つ。

「【刀技必殺之参《さん》・楼水《ろうすい》】！」

鞘から現れた刀身には、氷でできた棘《とげ》がびっしりと生えていた。

刀を払うと、先ほどの雷と同様にリキオーの周囲の空間に消えていく。

そんな風に彼が一人で踊りのような虚《むな》しい動きを繰り返している間にも、青龍の雷撃は続き、一枚また一枚とリキオーのバリアを打ち砕いていく。

「【刀技必殺之弐《に》・導火《どうか》】！」

三度《みたび》、刀身を鞘に戻して、リキオーは抜刀した。

刀身全体が炎に包まれ、激しい熱気を放つ。リキオーが刀を振りかぶると、炎の斬撃は周囲の空間へと呑み込まれて青龍に届くことはなかった。

とうとう青龍はリキオーのバリアをすべて剥ぎ取った。

それと同時にリキオーの準備が整う。リキオーは忍刀・不動を手に持ち、スキル発動の構えを取った。

「さあ、勝負だ。発動【星願《せいがん》】、いくぜッ、秘剣【空牙】！」

ニヤリと不敵に笑うリキオーは分身体を増やすと、最終奥義を放った。

アングラー戦のときは、連携の最後の締めに【導火】を放ったが、今回はそれを秘剣【空牙】に変更した。

さらに、ポケットに収納していた今までの刀技を、僅かに時間をずらしながら放出していく。そして最後は、刀技【空牙】で締めるように、刀を振り下ろした。

その瞬間、青龍がずっと溜め込んでいた力を解き放つ。

両者のパワーがぶつかる。

リキオーの技の連携の繋がった証《あかし》であるエフェクトが一気に押し寄せ、そのすべてを後ろから吹き飛ばすように、【空牙】の斬撃が青龍に襲いかかった。

「グワァァア！」

青龍が口から極太のビームのような雷撃を放ち、真っ向からリキオーの連携とぶつかる。新たなエフェクトが周囲を照らした。

下手な弾き手が弦楽器を爪弾《つまび》いたような不気味な音が響く。

閃光の中、青龍を見据えるリキオー。

青龍の口から放たれた極太の光線は、リキオーのすぐそばまでその破壊の力を伸ばしたものの、一気に押し返された。そのエネルギーは青龍の攻撃を包含して、逆に青龍のもとへと襲いかかる。

「キュ！　イ……」

青龍はまさか自ら放った必殺の雷撃が返されるとは思ってもおらず、そのまなますに切り刻まれ、悲鳴を上げて、バラバラに崩れていった。

直撃を受けた頭部が消失すると、残った体も煙のように空へと解けていく。

リキオーは連携後の脱力感と強敵を打ち倒した達成感に包まれながら、力場で作った足場を崩して大地に降り立った。

「ふぅ。なんとかこれで最初の試練はクリアしたな。うん？　何か大事なことを忘れているような……あっ、倒してよかったのか？　装備、どうなるんだ」

リキオーが冷や汗を掻いて硬直していると、何かキラキラとした光が頭の上から落ちてきた。思わず手を差し出すと、彼の手の上にその光は降りてきて、何かの形を作っていく。

「おお！　こ、これは兜。どうにか試練にパスしたようだな」

リキオーは手にした兜を手に取って上にしたり、少し離して見たりした。そこで違和感に気づく。

その兜に施されていた意匠《いしょう》は、かつてゲーム『アルゲートオンライン』の中で仲間たちとの協力の末に獲得したものとは違っていた。

ゲームのときに装備していた兜はもっとシンプルだった。それには、顔が出る部分の左右に張り出した吹き返しのパーツもなく、歩兵として実用的な鎧の形態である当世具足《とうせいぐそく》だったのだ。察するに、この資格を四つすべて取得した場合、今着ている鎧が変化して、大鎧の形態となるのではないだろうか。

とりあえず兜を被ってみるが、まるでリキオーのために誂《あつら》えたようにしっくりと収まった。今まで頭部の防護手段はなかったので、これはありがたい。顔の下半分と顎から胸の部分を守るパーツを嵌めると、もう露出しているのは目だけになった。

「よし、帰るか」

リキオーは今一度、戦場となった深い谷と滝の前の広場を振り返る。するとそこは、青龍によって生み出された雲が消えており、元の抜けるような青空が広がっていた。

リキオーが入り口に設けられた社《やしろ》から出てくると、マリアとアネッテが駆け寄ってくる。そしてリキオーに抱きついて、安堵の表情を浮かべた。主人の無事を確かめてホッとしたらしい。

「マスター」

「ご主人、無事だったか」

「ああ、なんとかな。しかしまさか一人でやることになるとはな。肝が冷えたよ」

リキオーは、出迎えたツナトモ公に、青龍を倒して得た兜を差し出す。

「公、これはあなた方の鎧です」

「いや、リキオー殿。それは貴公のものだ。私に使いこなす力はありませぬ」

「しかし、俺たちは所詮、外からやってきた者。この国のためにあるものを持っていくわけには」

「どうか収めてくだされ。先代が着ていた鎧を再びこの目にすることができた喜び。それだけで、これ以上のものはありませぬ」

「わかりました。この装備の力で、あのキュウビを成敗することをお約束いたしましょう」

「おお！　この国の民に代わり、お礼申し上げる」

リキオーはふと考えに耽る。

今回リキオーが倒した相手、神獣の一角である青龍は、天を駆け、雷を吐いた。この地に生きる人々に、あれに抗すべき力があるとは到底思えない。ツナトモ公に至っても、先代が有していた侍タイショーの調伏の力を失っている。キュウビより劣る魔物に対しても、刀を振り回す程度でしか抗えず、多くの部下を失っている。そのためリキオーが背負う期待は大きい。

あと霊山は三つあるらしい。街の守りはハヤテたちに任せて、自分は早くキュウビに対抗できる力を手に入れなくては。

翌日、一行は早速次の霊山へと向かった。

ツナトモ公は病を押してということもあり、警護が必要。だが、その最低限の警護すらも配下を前の戦いで払底《ふってい》しているため、マリアとアネッテに頼むことになった。ツナトモにとっては内心忸怩《じくじ》たる思いだろうが、霊山の扉は、血筋の者しか開くことができないのだ。

15　天翔の儀　朱雀《すざく》

リキオーたちがやってきたのは、神獣・朱雀がおわす南の霊山、黎石峰《れいせきほう》。

ここは、昔からいい石が取れるので有名な山だ。青龍のいた龍牙峰《りゅうがほう》が緑に覆われた山なのに対して、ここは緑が一切なく、頂上まで切り立った岩肌を晒している。頂上に目を向けると、上のほうは霧で覆われている。おそらく目的地はその先だろう。

ツナトモ公を乗せた輿《こし》を配下の者たちが背負い、彼を守るようにシヅが付き添う。リキオーがのんびりとした口調でマリアに話しかける。

「ハヤテたち、うまくやってるかなあ」

「カエデも付いてるから無茶はしないだろう」

リキオーとハヤテたちは遠く離れていても、パーティの念話でいつも繋がっている。リキオーの脳裏に、ハヤテの元気いっぱいな様子が伝わってきた。

「ハヤテさんもカエデさんも楽しそうですから問題ないでしょう」

アネッテが念話越しのハヤテの様子に、クスッと小さく微笑む。

アネッテには、エルフのスキルである【精霊語翻訳】があるので、ハヤテたちの複雑な感情の機微まで理解することができた。とはいえリキオーとマリアも、もう長い間一緒にいるのでハヤテとはつうかあの仲だ。

リキオーたちはツナトモ公の輿のあとを付いていく。しばらく進むと、霊山を封鎖している門が見えて来た。

輿を地面に下ろすと、ツナトモ公が降りてきて、シヅの支えを受けながら門の封印に手を触れる。赤い光とともに封印が解け、門がギィッと重い音を立てて開き始めた。

「リキオー殿、あとはお任せする」

ツナトモ公が振り返って呟くのに頭を下げて、リキオーは門に入っていく。

門の外側は、龍牙峰とほぼ同じで、霊獣を祀《まつ》っている社があった。そこには要請があるときだけ神職がやってくるらしい。すでに待機していた巫女が、社に奉納されている鏡を持ってリキオーのもとに来た。

リキオーが、自分の準備は済んでいるということを示して巫女に頷くと、巫女は祝詞《のりと》を歌い始める。

すると、巫女が抱える鏡が光り始め、リキオーの影が薄くなっていく。皆同じ場所に立ってはいるものの、影が薄くなるのはリキオーただ一人だ。

「やっぱり今回も俺一人か」

「むう」

「すまん、公の護衛を頼むな。行ってくる」

「気をつけてマスター」

マリアが同行できないのを残念そうに唸る。リキオーがアネッテの送る言葉に頷くとその影が消えて、神域に転移された。


リキオーが今いるのは、朱雀の祀られた霊山のかなり上のほうらしい。すでに辺りには霧がもうもうと立ち込めていて、肌に纏わりつくようだ。

「朱雀はどこだ？　もういるのか」

リキオーは霧を掻き分けて足元に注意しながら進んでいった。

そして辺りを警戒するように見回すと、それはいた。

天空の遥か上を飛び、赤い焔《ほのお》を纏った翼を羽ばたかせて飛んでいる。下から見上げるリキオーに気づいたのか、「クワァァ」と甲高い声で鳴くと、一気に滑空して近づいてきた。

「うおっ」

リキオーはとっさに忍刀・不動を引き抜いて眼前に構える。そして分身体を作るスキル【心眼】を唱えながら後ろへジャンプした。

朱雀と思われる赤い巨大な鳥は、リキオーにぶつかる前に翼を大きく広げてホバリングし、空中に留まった。

じっとリキオーを見下ろしていた朱雀は、再び巨大な翼を羽ばたかせて飛び立つ。

「でけえ。まるで竜だ」

青龍のような、ひょろひょろと細長い蛇に近い形状とは違い、西洋のドラゴンタイプのしっかりとした四肢を持っている。嘴《くちばし》はあるものの、突き出した胸から下の腹のボリュームからして鳥というイメージからは逸脱している。

朱雀は、リキオーの刀が届かない遥か高空を啼きながらくるくると飛び回っていて、一向に攻撃してこようとしない。あるいは、あの動きが何らかの効果を生み出しているのかもしれない。

「ううむ、どうやって攻略すべきか」

前回同様、力場で空へ飛んで迎え撃つのが正しいのか。そう考えながらも、しばらく様子見でどういう技を使って攻撃してくるのかを見極める必要があるなという結論に至った。とりあえずリキオーは、戦闘を有利に進めるためのスキルを行使していくことにした。

刀技アーツのポケットを用意すると、刀技を放っていく。

最初は、対空効果の高い【刀技必殺之壱《いち》・疾風《はやて》】、その次は連携で効果の高い刀技を幾つか放っては、インベントリから取り出したＭＰポーションをグビッと飲み干す。そうやって何回かその行為を繰り返した。

リキオーが準備を整えている間、朱雀はまったく意に介した様子もなく優雅に空を飛んでいるだけだった。これは思いもしなかった展開だと思ったが、いつまでも見上げているわけにはいかない。時間切れで困るのはこっちだ。

「まったく悠長なことだぜ。見てろよ」

リキオーは両手を差し出して、倍力の土魔法で細い槍のようなものを作ると、一気に魔力を込めて伸ばしていく。その槍の先端が、リキオーの意識と同調し、ぐんぐんと朱雀へと迫っていった。

朱雀は自分の領域に入ってきた土の槍に気づくと、「ケアァ」と甲高い声を上げて、リキオーへ襲いかかった。

リキオーは土の生活魔法を撃ち上げながら、同時に力場で透明な足場を何本も作っていく。

朱雀の嘴がリキオーの作った土の槍に届くかというとき、その槍の先端がバッと分かれて朱雀へと襲いかかる。

朱雀は不快そうに「クワァァ！」と叫ぶと滑空をやめて激しく羽ばたき、土の槍の攻撃を躱した。

「意外と旋回力が高いな。小回りも利く」

リキオーが伸ばしていた槍の根本から手を放すと、槍は魔力の供給を絶たれて、あっという間にボロボロと崩れていった。

朱雀はリキオーの攻撃に機嫌を悪くしたのか、高空で旋回するのはやめて、再び急降下に転じた。それを待ち構えるリキオーは、刀を抜いてじっと朱雀を見つめる。

朱雀は急降下しながら足の爪を大きく開いた。

「キケョッ、ケェェ！」

朱雀がリキオーをその鋭利な爪で切り裂こうとした直後、朱雀の大きく広げた翼が不可視の何かにぶち当たり、朱雀は大きく体勢を崩した。

「フフッ、大当たりだぜ。いくぜっ」

リキオーは「タアッ」と掛け声を上げて、刀を大きく振りかぶる。そして、何事が起こったかわからずパニックに襲われている朱雀に向けて、その刀を振り下ろした。

しかし流石というべきか、朱雀はリキオーの殺気を感じてホバリングして回避する。

が、次の瞬間、朱雀はまた驚く。

避けたはずの攻撃が、目の前のヒトからではなく、自らの後ろから当たったのだ。

リキオーは再び刀を振りかぶり、朱雀に追撃を試みる。

朱雀としては、目の前の敵からの攻撃を避けるより方法がなく、後ろからの攻撃は無視するしかなかった。後ろには敵はいないのだから。

「そっちが悠長に待っててくれたからな」

リキオーが先ほど仕掛けた攻撃は、力場の応用だ。

力場は、不可視の魔力を幾重にも張る技。

それ自体、透明のブロック状のものなので、積み上げれば青龍戦のときのように空高く飛び上がるための足場にすることも、壁のようにして盾とすることもできる。

だが、いくら不可視とは言ってもリキオーの魔力によって発動しているので、魔力に敏感な存在には感知されやすい。神獣などは特にそうだ。そこでリキオーは朱雀を油断させ続けていたのだ。

さらにそこへ、刀技アーツを併用した。

朱雀はリキオーが力場や刀技アーツの準備をしていても全く攻撃する素振りを見せなかった。

一度、ハメてしまえば、あとはその繰り返しだった。

わざと大上段に構えて大きな振りをしてみせれば、朱雀はそれを警戒して避けるしかない。しかし、避けた先にはポケットが配置されており、そこから自由に刀技を放てる。

リキオーが攻撃の素振りを見せれば、それがポケットからの攻撃なのか、それとも正面からの攻撃なのか、朱雀には判断できない。

それに途中から、リキオーは力場を使って、朱雀の動ける範囲を狭めてしまった。こうなっては、朱雀が強モードになったとしてもいかようにもできない。

結局最後まで、ハメ殺しで終わってしまった。

「うん、この戦い方は使える。相手が馬鹿で助かったな」

神獣といっても、真竜種のように会話ができるほどの知性もない。所詮魔物にすぎない。

トドメの一発を放つと、朱雀は「クェェェ」という断末魔の叫びを上げて、赤い泡となって消えていった。しばらくして青龍のときと同様に天から白い光が降ってくる。

リキオーは両手で受け止め、光が何かの形を取り始めるのを確認する。

それは鎧の胴の部分だけだった。

「えっ。まさか、これだけ？」

リキオーはそう訝《いぶか》しがりながら、ちょうど自分の鎧の空いたところに嵌りそうなので、そのまま充てがってみた。

すると元から着ていた鎧のパーツが、眩いばかりの光を放った。

閃光が収まると、袖という肩の部分も今回取得した胴の部分の仕様に合わせて変化していた。

「お、おお」

前回、青龍のときに取得した兜と合わせて、これで上半身全体が変化した。

もうこうなっては、ツナトモ公に返すわけにはいかない。しかし、預かり物と思っていた鎧ではあったが、自分のものとしてしっくりきている。

リキオーが黎石峰を下り始めると、霧に包まれていた山頂部分も晴れてきて、やや傾きかけた陽の光が後ろ姿を照らした。


「マスター、おかえりなさい」

下山してきたリキオーを、アネッテたちが迎える。

「ああ。今回もなんとかなったよ」

「リキオー殿、その鎧は」

「ええ、朱雀を倒して得られたのは俺の鎧の欠損部分でした。それを欠けていた部分に当てると鎧が光ってこの形に」

「なるほど。これで試練は二つ突破ですな。順調そうで何より。しかし、リキオー殿は一人で神獣を倒しているのでしょう。よくご無事で」

ツナトモ公にそう言われて、神獣との戦いを思い浮かべながら、リキオーはツナトモ公が以前話していたことを思い出した。

公の先祖も、自分同様に一人で神獣に立ち向かったのだろうか。自分の持つチート能力があるならいざ知らず、とても常人があれに対抗する術《すべ》を持っていたとは考えにくい。

不思議に思ったリキオーは、ツナトモ公に尋ねてみる。

「青龍も朱雀も強大な力の持ち主でした。正直、ヒトの力だけではとても……ご先祖も一人で神獣に立ち向かったのでしょう」

「今は廃《すた》れてしまいましたが、先祖が神獣と戦った頃は、豪《ごう》の者が多かったように聞いています。今よりもずっと強かったのでしょう」

とりあえず、これで試練は二つをクリアした。

あとは、白虎《びゃっこ》と玄武《げんぶ》だ。青龍にしろ朱雀にしろ、それほど頭が回るタイプではなく、自身の力で押してくるだけの敵だった。このまま上手く試練を突破できるといいのだが。

16　戦士の休息

先のことを考える余力のあるうちに、連続してケリを付けたいところだが、リキオーの疲労の蓄積も半端ではなかったので、今日は休憩することにした。流石に神獣を二体、単独撃破するのはきつい。

充てがわれた長屋の畳の上でぐたーっと横になっていると、ハヤテが長屋の木戸を開けて頭だけ突っ込んできた。

ハヤテもカエデも大きく成長し、すでにもとのスカーウルフなら成体といったところだ。馬車も馬の代わりに引けるだけのパワーがある。そんな巨体では、長屋の入り口に頭を突っ込んでいるだけで通行を邪魔してしまう。

しかし、当家の主であるツナトモ公の全面的な協力を得ていることもあってか、もうリキオーたちに好奇の目を向ける者はいない。

ハヤテたちが街の警護で活躍し、そのついでの人命救助に貢献していることも知られていて、彼らは「お犬様」として親しみを以《もっ》て受け入れられている。長屋の前を通りかかった女性の家人が、ハヤテの姿を見てクスクスと朗らかな笑い声を漏らしていた。

一方その頃、マリアは同じ敷地内にある道場で竹刀を振るっていた。

エッドの一線級の侍が先のキュウビとの戦いで払底した今、二線級、さらにその下の見習い剣士の配下の者に、稽古《けいこ》を付けることができる者はいない。そのため、他流とはいえ実戦経験豊富なマリアとの打ち合いは、彼らに何がしかのものを残すだろう。

アネッテは、屋敷の調理場で料理を担当する家人とレシピを交換し合っている。

旅をすると、その先々で出合う食材や料理が新鮮な驚きを与えてくる。ここはアルタイラのような地球の中東と西洋が混じり合った文化とは隔絶している。そのため、お互いに得るものが大きいようだ。

また、アネッテは透き通るような銀髪と美貌のためか、男性のみならず女性まで虜《とりこ》にしてしまう。

彼女のそばでは、皆、陶然《とうぜん》と頬を火照《ほて》らせていた。

アネッテは着物が気に入ったらしく、今日のような休暇の際にはいつも着ていた。今ではすっかり板についている。シヅを真似たのか、銀髪を後ろで一本にまとめた髪型にしていて、本人は和装に似合うと思っているフシがあるが、透き通るような銀髪とエルフ特有の尖った耳とのバランスは異国情緒たっぷりだ。

今ハヤテがご主人様成分を補給しに戻ってきているので、ここにいないカエデがその穴を埋めるように一匹だけで街の警備をしている。彼女の役目は、もっぱら影の中からの魔物の始末で、表でハヤテが派手に活動する間は裏で人知れず活動していた。

リキオーはだらっと腕を伸ばしてハヤテの鼻のあたりを撫でて、長屋の天井をボウっと眺めている。ハヤテは主の愛撫にフンフンと鼻を鳴らして、ゴキゲンなのか、しっぽをくねらせていた。

「ありがとうございましたッ」

子供の声がした。マリアに指導を受けた剣士見習いたちだ。マリアが長屋に帰ってくると、アネッテも調理場から引き上げてきてお茶を差し出してくる。

「何だ、ご主人はもう起きたのか」

「そういつまでもゴロゴロしてるわけにもいかないからな。お前は稽古でも付けていたのか」

「ああ、私にもああいう頃があったのを思い出すな」

リキオーの隣に腰を下ろしたマリアは、眩しいものでも見るように目を細めて道場のほうを眺めていた。しかし、リキオーはマリアが別の思い、哀しみを湛《たた》えているのに気づいた。

「マリア？」

「……ご主人はここで生きていた人たちが、今後どうなるのか知っているのか」

「ああ。ここは過去の世界だ。俺たちがいたあの時代には、この地方はすべて海に沈んでいる」

アネッテも細い手を握りしめて、切なそうに夕方の黄色い太陽に照らされた光景を見つめている。

「私たちは何もできないんだな」

「そんなことはない。いつの時代だろうと、お前が会っている人々は俺たちと同じ血の通った人間だ。お前が忘れないでいれば、お前の中に彼らは生き続ける」

「ああ。そうだな」

リキオーの慰めの言葉に、マリアはぐっと拳を握りしめると、決意を新たにして瞳を輝かせていた。

17　恐怖の洗礼

翌日の試練に備えてその夜は英気を養うべく、リキオーたちは早めに床に就いた。しかし深夜、凄まじいまでの殺気に一行は飛び起きた。

「な、なんだ！」

「何が襲ってきたんだッ」

バッと半身を起こしたリキオーと仲間たち。

ゾクゾクと背筋を駆け上がる圧倒的なまでの「恐怖」。それは体に感じるだけのものと違い、この場の空気にまで感染し、すでにツナトモ公の屋敷も喧騒に包まれている。

それればかりかエッドの街全域で、悲鳴が立ち上っている。体が弱い者は今の衝撃だけでそのままポックリ逝《い》ってしまっても不思議ではないほどの恐怖だ。

「い、今までの魔物と強さの桁が違うぞ」

「ああ、こりゃあ奴も本気を出したようだな」

「キュウビなんですか」

「それ以外にないだろう。こりゃあ、少し甘く見てたな」

この時代に落ちてきたその日に、リキオーはツナトモ公とシヅたちと対峙するキュウビの姿を見た。そのときの印象は、ただのデカイだけのイタチモドキという印象で、さして脅威には思えなかった。ツナトモ公の配下の武者たちが尽《ことごと》く殺され累々と屍を晒していたが、正直、どうして彼らがそこまで手を焼いているのかがわからなかった。

だが、これなら納得だ。おそらく、ツナトモ公の配下の者たちはほとんど手を出せずに終わったに違いない。このプレッシャーは初心者殺しの攻撃で、ある一定の水準に達しない敵を間引くのに使われる。

おそらくエッドの街で、この攻撃を食らっても倒れずに戦闘力を維持できるのは、リキオーたちとシヅぐらいのものだろう。ハヤテのスキルである【咆哮】のパワーアップ版みたいなものだ。予め対処方法がわかっていても乗り切れないだろう。なぜならスタミナの強さが対処方法だからだ。そんなものを鍛えている人間は限られる。スタミナを育てるにはひたすら実戦を積むしかないのだから。

「ハヤテさんたちはもう出撃してるみたいですね」

「ああ、俺たちも出張ろう」

アネッテが念話からハヤテたちの行動を窺《うかが》う。リキオーたちもフル装備に着替えると、長屋を飛び出し、街に出た。

街の中は阿鼻叫喚《あびきょうかん》の地獄絵図を、そのまま形にしたような酷い有様だった。まるで妖怪の百鬼夜行が如く、街の通りに魔物たちが我が物顔で溢れている。魔物の中には町人の住居を襲撃しているものもいて、そこかしこから断末魔の悲鳴が聞こえてくる。

「ご、ご主人！　こんな数、相手にしていられないぞ」

「無視しろ。元凶を仕留めん限り、幾らでも際限なく湧いてくる」

「そ、そんなッ――すまん」

マリアは、どこかの長屋から逃げてきたらしい男性が背後から襲いかかられ、道の真ん中で複数の魔物にたかられて絶命する瞬間を見てしまった。彼女はリキオーの命令に後ろ髪を引かれる思いで、その場をあとにした。

「ワウッ、ワォン」

途中でハヤテとカエデが合流した。彼らもいちいち雑魚を相手にしていてもキリがないことに気づいたのだろう。

「よし、お前たち頼むぞ」

「ワウッ」

ちまちまと倒していては、キュウビのもとにたどり着くまでに夜が明けてしまう。

リキオーとマリアはハヤテの背に、アネッテはカエデの背中にそれぞれ掴まって、彼らの跳躍で街並みを越え、山肌を飛び越えていく。

彼らの超感覚なら、キュウビのもとへ一直線で辿り着ける。

リキオーたちが近づくたびに、その極まったプレッシャーが強烈に肌に感じられてくる。

その途中から雑魚の魔物たちがうじゃうじゃと、どこにこれだけいたのかと思うほど集結してい て、ボスのところへ行かせまいとするように襲いかかってきた。

「ちぃッ、ハヤテ、ブルドーズアタック！」

「ガァァッ！」

これは、以前にハヤテに教えたものの、使うのは今回が初めての大技だ。外側に張った力場を正面のみに鋭く展開し、跳躍により強行突破するという技である。

ハヤテの正面に鋭角的に張られた目に見えない壁が、彼に掴まるリキオーとマリアを守ると同時に、襲いくる雑魚魔物たちを蹴散らしていく。その姿はまるでミサイルのようだ。

そんなハヤテのあとを、アネッテを背に掴まらせたカエデが超反応でピッタリと追随してくる。

魔物の密集地帯の中心に、そいつはいた。

九本の尾を直立させ、それぞれの尾の先端には青い鬼火がメラメラと妖しく燃え盛っている。その化け物――キュウビはリキオーたちの接近に体を起こして、真っ赤な口を開いて敵意を剥き出しにする。

「ギャオオオゥ」

キュウビの両手の鋭い爪がいっぱいに伸び、まっすぐに突っ込んでくるリキオーたちに向けて襲いかかる。

その途中でリキオーたちは、ハヤテとカエデの背から降りて、それぞれの武器を構えた。

キュウビの周りの一定範囲には魔物がいない。濃い魔力に誘引される魔物も、キュウビの強大すぎる魔力に触れては自身が滅ぼされてしまうらしい。

リキオーが皆に告げる。

「アネッテ、マリア、後ろは頼んだぞ」

「はいっ」

「任されたッ」

キュウビに対峙したリキオーを援護するように、マリアは後ろの魔物たちに対して盾を構える。

アネッテもアーツのポケットから仲間たちに強化魔法を掛けながら、敵の魔物たちには広域殲滅《せんめつ》魔法を撃ち出していく。

「ハヤテ、ブレードアタックだっ」

「ガウッ！」

ハヤテの前足の防具ブレードソーンの側面に設けられた噴出口から、緑色の閃光が長く伸びて刃と化す。ハヤテはダッダッダッと力強く駆けながら、風の魔力で形作られた左右のブレードを、キュウビに向けて繰り出した。

キュウビ、そしてハヤテのそれぞれの刃がぶつかった瞬間。ギィンという鈍い音とともに、両者は弾かれるように後ろに下がった。

キュウビにダメージはない。ハヤテのほうも同様である。

キュウビを調伏するためには、破邪の鎧が必要だ。しかし、二つの試練をクリアしただけのリキオーが装備しているのは兜と胸の部分のみ。やはりすべてのパーツがないとダメージさえ与えられないのか。

「駄目か？　これならどうだッ、秘剣【空牙】！」

リキオーは刀身を振り上げて、キュウビに向けて袈裟懸けに斬りかかった。彼の周囲に展開された【心眼】の分身体から衝撃波が放たれ、四方八方からキュウビを襲う。

しかし結果は同じで、ギィンという振動音が響くだけでダメージを与えられない。

「チッ、完全体にならないと駄目なのか。ハッ、もしや」

リキオーは自分の手を見つめ、水竜イェニーからの恩寵《おんちょう》である金色のバリアを見つめる。これも互いにダメージを与えられない一因ではないか？　ダメージを与えられないが、食らうことも防いでくれている。

ならば——

（俺の体から離れた武器なら、もしかして……）

彼は正宗を納刀すると、破魔弓を取り出した。

破邪の鎧ほどではなくても、この武器には退魔効果がある。その弦を鳴らせば軽い淀《よど》みなら晴らせるし、破魔弓専用の鏑矢《かぶらや》は先端が笛状になっており、その音には強い退魔の効果がある。

リキオーは、ギリッと強く弓を引き絞り、鏑矢を番《つが》えると撃ち放った。

ピィーッと甲高い音が響いて撃ち出された鏑矢は、果たしてキュウビの腕に突き刺さった。キュウビはグワァァッと怨嗟の声を上げて、全身を海老反らせる。

「効いてる！　やはり、これならば」

しかし、残念なことに鏑矢の残数は少ない。まだ冒険者稼業を始めばかりの頃に無駄撃ちしたのが祟《たた》って手持ちが少なく、普段は通常の矢を使っていたのだ。

「ちぃっ。だが、このチャンスを逃す手はないぜ」

リキオーは、貴重な矢だが今回で尽きてもいいとばかりに、鏑矢を何本も指に挟むと、キュウビに向けて連射した。

だが、キュウビもただやられるだけでなく、後ろに直立した尾の先端から青く燃え盛る鬼火を飛ばしてくる。

「くっ」

射線を遮られ、次の矢を番《つが》えることができない。

飛ばされた鬼火はまるでレーザーのように真っ直ぐに飛んでくると、周りの魔物を巻き込んで地面を抉《えぐ》り抜き、ゴウッと激しく燃え上がって周囲に「呪い」を撒き散らした。あれに当たったら、リキオーとて無事では済むまい。

ハヤテは、キュウビに何度もブレードアタックを繰り返し、様々な角度から攻撃をしていたが、何度攻撃を加えてもギィンと鈍い音が響いて弾かれていた。

一方キュウビは、鏑矢が突き刺さった腕が痛むのか、苛立ちを隠そうともせず、シャーッと唸り声を上げている。

そうしてリキオーたちを睨みつけるが、バッと身を翻《ひるがえ》すと、まさに脱兎《だっと》という感じでダッダッと、まるで空中に透明な足場があるような勢いで空へと駆け上がっていった。

そのあとを、ハヤテが二段ジャンプを多用して追跡しようとする。

「ハヤテ、もういい」

「ワウッ」

リキオーに止められ、ハヤテは立ち止まる。

「ご主人、終わったのか?」

後ろからマリアの声が聞こえてリキオーが振り返ると、アネッテも一緒にいた。

「とりあえず、こっちはな。互いにダメージを与えられないんじゃ埒《らち》が明かないし」

キュウビが退場すると、他の魔物も、潮が引くように木々や水辺、岩陰の闇に吸い込まれて姿を隠していった。

「どうやらなんとかなったようですね」

「これだけ大規模な『恐怖』の特殊効果を起こしたんじゃ、次の襲撃までには奴のチャージタイムも結構掛かるだろう。その間に破邪の鎧を完成させないとな」

今回、キュウビが起こした恐怖は特に大規模だった。

これほど広範に影響を与える恐怖を頻繁に発生させることは、さしものボスクラスモンスターにしても無理がある。前回のツナトモ公との戦いから今まで、その力を蓄えていたと考えるほうが妥当だ。そう考えると、キュウビの次の襲撃タイミングも掴める。

流石に、次にあの初心者殺しの技を食らったら、エッドの街も崩壊してしまうだろう。その間になんとしても試練を突破し、破邪の鎧を完成させて侍タイショーの力を得なければならない。

被害は多かったが、収穫もあった。今回、アネッテとマリアが、キュウビの取り巻きの有象無象の魔物を屠ったことで、かねてからの懸念――パーティメンバーのレベル格差が解消されたのだ。

リキオーは獣人拠点にいる際、鳥人グリード忍軍やハヤテとともにアルタイラの軍勢を相手に戦った。そのことで大量の経験値を獲得し、レベルカンストを果たしていたが、他のパーティメンバー、アネッテとマリアとの間に格差ができてしまっていた。

今回、マリアたちが相手にした魔物のほとんどは、二人の強さに見合わない雑魚ばかりだったが、なにせ数が多かった。

アネッテは、広域殲滅《せんめつ》魔法【サンダーレイン】を連射したことによって、大量の経験値を取得することができた。マリアもかなり活躍してくれた。それらのおかげで、リキオーがキュウビに相対していた僅かの時間に、二人はレベル50に達したのだ。

ようやく銀狼団のメンバーのレベルは全員カンストし、平均化した強さを手に入れたのだった。

＊＊＊

リキオーたちはキュウビを撤退させた。

だが、エッドの街の被害は甚大だった。街に帰ってきた銀狼団の一行が見たのは、元のエッドの繁栄を疑うほどの荒れようだった。

そこかしこに人の死体が打ち捨てられたままで、今も悲鳴や泣き声が聞こえてくる。街中で煙が上がっており、命は助かったものの放心している者たちも多い。

「酷い――」

「ご主人、早く彼らを救済せねば」

「今は我慢しろ。俺たちの疲労も大きい。お前たちまで倒れてしまったら、誰が彼らを助けられるんだ」

「くっ」

アネッテはすぐにでも救援に駆けつけたいようだったが、リキオーに止められる。

戦闘で疲労を蓄積させている今、満足がいく救援活動ができるはずもない。まず彼らが一番にすべきなのは休息だ。

ツナトモ公の屋敷に戻ってきた一行を出迎えたのはシヅだった。さしもの彼女の顔にも疲労が滲《にじ》み出ている。

「リキオー殿、皆さん、大丈夫でしたか」

「ああ、こっちはな。屋敷の方々は大事ないか？」

「……奥方様が、先ほどの衝撃で命を落とされました」

「な、なんと――」

リキオーたちは愕然とする。

彼らを外の者と隔てず、親しく接して受け入れてくれたツナトモ公の后。彼女はリキオーたちにとって掛け替えのない人物だった。公が倒れている間の精神的支柱であった彼女を喪ったのは、大きな損失だ。

「それでツナトモ公は？」

「公は、街のショーグン様に救済の直訴をすべく出立の準備をしております。私もお供せねばなりません」

「ツナトモ公の心中をお察しする。我らも休息した後《のち》、街の復興のお手伝いをさせてもらうつもりだ」

「私どもがいない間の街のこと、よろしくお願いいたします」

シヅが頭を下げて辞去すると、アネッテもマリアも今すぐにでも飛び出していきたい顔をしていた。リキオーにしても、彼女たちの気持ちを理解できないわけではない。

この半月ほどの短い間に、すでにこの街の人々は家族のように大切なものになっていた。ツナトモ公の屋敷の家人たち、道場の子供たち、出入りの小間物屋の主人など、そうした市井《しせい》の人々の顔が、自然と思い浮かんでくる。

彼らが今ある危難に晒されていることを思うと、無事を願わずにはいられない。そうした不安を無理矢理に押し殺して、リキオーたちは休息に入った。

＊＊＊

およそ六時間後、リキオーたちは休息を終えた。

そうして気力を充実させると、街の人々の救済に手を付けた。とはいえ、エッドの街は人口十万を擁する大都市だ。彼らが手を出せる範囲も絞られる。

まず、ツナトモ公の屋敷を開放した。そして道場と本邸の前の広い場所を病院代わりに使い、治療はアネッテが担当する。ハヤテとカエデをその補助に付けた。ハヤテの超感覚が捉えた負傷者が、彼らによって道場に運ばれてくる。

街の顔役と渡りを付け、スムーズな連携が取れるようにし、警察機構であるオカやドウシンを街の各所に配置する。

リキオー自身は、シンボル的存在として、目立つ鎧姿で陣頭指揮を執った。

マリアと道場に通っていた二線級や見習いの剣士たちも、リキオーの指示に従って街の人々の救助を行った。

一日の終わりが見え始めた頃、ツナトモ公がショーグンへの直訴から帰ってきた。そしてさながら野戦病院と化した屋敷の光景を見た彼は声を失った。

そこへ馬に乗った鎧姿のリキオーが駆けつける。その後ろには、街の顔役や警察機構のドウシンの顔もあった。

「リキオー殿、これは」

「申し訳ない。街の人々を救済するために広い場所が必要でしたので、断りなく使わせてもらいました。責めは私が受けましょう」

「いや、かたじけない。本来であればそれは私の役目、リキオー殿にはなんの咎《とが》もない。皆もよくやってくれた」

公からの直接の言葉を受けた顔役やドウシンたちは、皆感動したように涙して跪《ひざまず》いていた。

「それでツナトモ公、直訴は如何《いかが》でしたか」

「うむ、ショーグンもエッドの被害を憂えておいでであな。オワリャ、キシュのハタモタが援助に来てくださることに決まった」

オワリャ、キシュは、ショーグン配下のハタモタと呼ばれる貴族が治める都市だ。エッドはショーグンの直轄《ちょっかつ》地であるため、ハタモタはいない。

援軍の知らせを、跪《ひざまず》いて聞いていた顔役やドウシンたちから「おお」と感じ入った声が上がる。

一両日中にも援助の手が施されるとの朗報だった。

リキオーたちもそれを聞いてホッとした。今回彼らが救援活動に動いたのは、エッドの街のほんの一部。まだ彼らの手が届かない人たちが大勢いる。

それに、未だ廃墟の中で助けを求めている市井《しせい》の人々を救出したいのは山々だが、いつまでもそれだけに関わっているわけにはいかない。リキオーたちの本分は、あくまでもキュウビとの戦闘なのだから。

それから三日後の夕刻まで、リキオーは鎧姿で陣頭指揮を執った。そしてその後は、エッドの外から救援に来たショーグン配下のハタモタの武士たちに指揮を委ねた。マリアも同様に救援の第一線から退く。

だが、アネッテは残ることになった。彼女の魔法による救済の力で、より速やかに多くの民を癒やすためである。勿論、リキオーの試練がすべて完了し、破邪の鎧が完成した暁《あかつき》には、キュウビ討伐のために合流する予定だ。

翌日、ツナトモ公の后の葬儀が略式ながら行われ、リキオーたちも参列し、冥福を祈った。

后の人望を表すように、民、侍など身分にかかわらず、多くの参列者が長蛇《ちょうだ》の列を作り並んでいた。

18　天翔の儀　白虎

エッドの街の復興が徐々に形を為していく。

そんな中、リキオーとマリア、ツナトモ公とその配下の者たちは、エッドを取り巻く霊山の一つ、神獣白虎がいるという白爪峰《はくそうほう》に来ていた。

ここはさすが霊山らしく、入り口に辿り着くともう魔物の気配はない。

霊山の外観はどれも似たり寄ったりで、他の普通の山のようになだらかな山並みというのはなく、山が単体でにょきっと不自然に地面から突き立っている。

この辺りは、リキオーが最初に落ちてきた場所と雰囲気が近く、竹林が広がっているばかりで他の木々は見えない。

入り口には、前の二つの霊山同様に、資格のある者しか通れない封印がされていた。ツナトモ公が扉に施された呪印《じゅいん》に触れると、赤く光ってギギッと扉が開け放たれた。

神職の者たちが社を確認し、巫女が神器である雲海のような装飾のされた鏡を手に公のもとまでやってくる。準備が整い、ツナトモ公がリキオーに告げる。

「それではリキオー殿、あとは頼みましたぞ」

「わかりました。マリア、ツナトモ公の警護、任せたぞ」

「おうッ」

マリアが、フードの下からアヴァロンアーマーの青い輝きを露わにして、巨大な盾を手に、リキオーに頷いてみせる。

リキオーが、今までと同様の手順を踏んで、正宗の柄を差し出す。すると、鏡が光るのと同時に、リキオーの影が薄くなっていく。

完全に光が消失したとき、リキオーの姿もそこから消えていた。


リキオーが立っていたのは、黒い岩が切り立った竹林だった。

至るところに、水が流れては小さな滝を作って迸《ほとばし》り、飛沫《しぶき》を上げている。植物に関して詳しい知識などないので、目に見えている竹がどういう特徴を持っているのかはわからない。

「やけにツルツルした外観だな、この岩」

まるで硯《すずり》のように硬い触り心地のする岩肌だ。

とりあえず戦闘の際に有利になるポイントを探すべく歩き出すと、肌に心地いい水気を含んだ風が吹き抜けていった。

視界を遮るほどではないが、風に混じって細くちぎれた雲が、リキオーの進む方向から流れてくる。

しばらく歩くと、広くなっている場所に出た。

棚田《たなだ》のように階段状に水たまりのある光景は、ちょっとした観光名所にでもできそうなほど風光《ふうこう》明媚《めいび》だ。

「げっ」

リキオーは思わず、素っ頓狂な呻き声を漏らして硬直してしまった。

たった今確認したばかりの棚田の上に、白い巨獣がいたのだ。

全身真っ白で、その顔の模様は歌舞伎の隈取《くまどり》のようで恐ろしげな目が強調されている。目だけ墨が入れられたように黒い。

その巨獣は両の前足を交差させて、余裕たっぷりに、侵入者のリキオーを睥睨《へいげい》していた。

(なんだ？　襲ってくるでもなく、泰然と構えてやがるな)

リキオーは油断なく白虎に視線を固定しながら、正宗の鯉口を切って刀身を僅かに覗かせた。

その瞬間、グルルルと喉を鳴らしながら体を起こした白虎は、伸びをするように全身の毛を逆立ててグアアアッと高らかに吠えた。空気を振動させるような立派な吠え声だ。

しかし、リキオーから殺気を感じたのか、襲いかかってくる様子もない。白虎はのそのそと方向転換すると、竹林の間をダッダッとジャンプを繰り返して去っていった。

「な、何だったんだ……てか、何やってんだよ。倒さなきゃ」

なんとなくやりにくい雰囲気だ。

その原因はすぐにわかった。白虎の仕草の中に、ハヤテと同様のものを感じたのだ。

また、全身の逞《たくま》しい体つきと、細く伸びた長いしっぽの優美さ。それらにリキオーは敵として倒さなければならないのが勿体《もったい》ないと感じてしまった。

そもそもリキオーは猫好きだが、たとえ虎という恐ろしい猛獣であっても、もふもふならなんでも誘惑には抗いがたい。一気にダメな雰囲気が襲ってくる。

「ま、まあ、ウチにはもうデカイのが二匹もいるしな……ンッンッ」

一瞬、ハヤテ、カエデ、そして白虎が三匹並んで鎮座している光景を思い浮かべてしまった。リキオーは、誰が見ているわけでもないのに、そんな自分を恥じて、わざとらしい咳をして誤魔化した。

そして頭をブンブンと横に振って深呼吸すると気分を入れ替えて、改めて何もいない虚空を睨み、戦闘準備に取りかかる。

分身を張る【心眼】を発動させてから、新しい技を試してみることにした。

「発動【マスターモード】、チェックシックス！」

そう唱えた瞬間、ブオッとリキオーの足元から闘気が湧き起こり、ゴーンゴーンと、まるで大教会の鐘のような音が大音響で鳴り響いた。

チッチッチッと時計の秒針が進むような音が鳴っている。その間は【マスターモード】が使用可能になる。

新スキル【マスターモード】に気づいたのは、前回の朱雀を倒したすぐあとだ。

カンストし、これ以上レベルが上がらないと思い込んでいたが、インベントリに収納しているアイテムの整理のため、何気なくステータス画面を眺めていると、レベル表示が更新されていた。

見間違いだと思い、何度も目を瞬《しばた》かせ、ゴシゴシと瞼《まぶた》を腕で拭ったが、そこには確かにこう表示されていた。


——レベル51、と。


そして、それと同時にスキル欄に【マスターモード】の文字を見つけた。

普段はチェックしないものの、スキル欄の右上、ウインドウの端にはヘルプボタンがある。それを参照すると、スキルの詳細が表示された。

新スキルの内容を確認したときは唖然としてしまった。それは禁断の管理者モードの一部解放だったのだ。先ほど「シックス」と言った通り、制限時間二十秒×六回で、都合百二十秒が、その効果時間だ。

次の瞬間、リキオーの姿は掻き消える。

そして、ビュッと姿がブレるように現れたのは、白虎が飛び移った黒い石の棚の上だ。

そこを、何度も姿を消しながら移動するリキオー。

その移動の仕方は【縮地《しゅくち》】に似ている。【縮地】は侍の覚醒時の限定スキルで、あくまでも平行移動が基本だが、【マスターモード】を発動中のリキオーは垂直にも瞬間移動している。

【縮地】の制限を取り払った、いわば「無限縮地」といった性能が【マスターモード】の移動だが、これはこれで弱点もある。

刀技との相性が最悪なのだ。

刀技は仕様上、技の出始めと終了時にその場で動けなくなるため接敵している必要がある。【マスターモード】は常に移動を無限縮地でするため、刀技を放っても途中でキャンセルされてしまうのだ。勿論、その対策として強力な攻撃方法が用意されているのではあるが。

ほどなくしてリキオーは白虎の姿を捉えた。

白虎は、追いかけてきたリキオーに殺気を向けるでもなく、さりとてダッシュで逃げるでもなく、山の頂上にできたテラスのような場所でのんびりとしていた。

白虎はその優美な体を見せつけるようにお尻を持ち上げて伸びをしたと思えば、香箱座《こうばこずわ》りして、口を大きく開けてクワァァァとあくびまでする始末。

どう見てもリキオーを敵として認識していないのは明らかだ。

「うっ、めっちゃモフりたい」

思わず顔が緩んでしまうリキオー。が、そこでハッとする。これは新たな精神攻撃ではないのか。押してダメなら引いてみろという……

そんな馬鹿なという思いと、いやきっとそうだという思いがリキオーの脳内で拮抗し、「馬鹿な派」が強まり、「きっとそうだ派」が勢いをなくすに従って、彼はうっかりと手を差し出していた。

これが本当に白虎の精神攻撃でリキオーの油断を誘うためだとしたら、腕の一本も齧《かじ》り取られていただろう。

が、白虎は、なんとリキオーの手がその毛に触れることを許したばかりか、ゴロゴロと喉を鳴らして、ひっくり返って無防備な腹を見せたのだ。

(な、なに、この可愛い生物)

リキオーは、顔が緩みっぱなしになるのを抑えきれずに、白虎の傍らに屈み込んで、神獣の腹を撫で回した。

白虎は弛緩した顔を見せて四肢をダラーッと広げる。そして、リキオーの愛撫を受けている間、ゴロゴロと喉を鳴らして気持ちよさそうに目を細めていた。

「や、やべぇ。緊張感保てねえ」

しばし異種族交流に耽ったあとで、リキオーは焦りを覚えてきた。ここまで情が移ると敵として攻撃することができなくなってしまう。

白虎はゴロンと腹ばいになると、上目遣いにリキオーを見上げてきた。その視線に再びクラッと目眩《めまい》を起こしそうになるリキオー。

（あ、あかんわ。これ完全に籠絡《ろうらく》しにきとるわー）

感情が乱れて、なぜか関西弁になってしまった。

最近、銀狼団のもふもふ担当のハヤテは、これまでの無垢《むく》な媚びを見せなくなっている。ハヤテがまだ幼いころのことを思い出したリキオーは、白虎の姿にメチャクチャ癒やされたのだ。最近のハヤテは手を出そうものなら噛みついてくる。

（いかんいかん、俺はこいつを倒してキュウビに対抗する力を手に入れるために来てるんだ。籠絡されるわけにはいかん）

ここに来た意味を思い出したリキオーは断腸の思いで、白虎のもふもふした毛から手を引いた。そして少し距離を取り――

「お前に恨みはないがこれも務めだ。いざっ、勝負！」

今回の試練、白虎はなんだか変な相手だ。結局、ここまで敵対行動を一切取っていない。前回、前々回の、青龍や朱雀とは全く違う。

「発動【マスターモード】チェックファイブ！」

そう呟くと、再び闘気がゴウッと足元から湧き上がる。その瞬間、リキオーは迷いを打ち捨て、鞘を保持しながら愛刀・正宗を振り抜いた。

正宗の鞘が光を放ち、刀身をコピーしたようにもう一振りの刀になる。覚醒時の二刀流ではもう一つ武器が必要だったが、【マスターモード】ではその必要がない。鞘がその代わりとなるのだ。

リキオーの姿がその瞬間、掻き消え、白虎の後ろへと移動していた。

「必殺、十字斬り！」

ズババッ、と直前の位置から今の位置までを結ぶ直線に、エックスの形の派手な斬撃が迸《ほとばし》り、白虎はたやすく両断された。そうして崩れ落ちながら、金色の光となって消えていく。

ちなみに「十字斬り」は、リキオーがそう口走っただけで、刀技でも何でもないただの斬撃だ。【マスターモード】による攻撃が強力で派手なので、厨二病全開でネーミングしてしまっただけである。

「恐ろしい敵だった……今までで最強の相手だった」

振り返りながらも、もふもふを思い出して頬が緩みそうになり、頭を横に振って妄想を振り払う。

そうしてリキオーは【マスターモード】を解除し、鞘が元に戻ると正宗の刀身を収めた。

振り返って白虎のいた位置を眺めると、天から金色の光が降ってくる。それをリキオーが両手で受け止めると光は消え、鎧の腰の部分、佩楯《はいだて》がパアッと眩い閃光を放った。

光が収まったときには鎧が変形していた。あとは足だけだ。

「よし、三つ目をクリアしたぜ。戻るか」

リキオーは、結局白虎が何のために攻撃もしてこず佇んでいたのか、その理由がわからないまま山を下りていった。

霊山の入り口まで下りてきたリキオーを、ツナトモ公が出迎える。

「リキオー殿、どうやら試練を無事終えたようでござるな」

「ええ。でもなんだか様子がおかしいんです。白虎、確かに現れましたが、一切敵対行動を取らなかったんです。とはいえ、こちらも時間がありませんから倒してしまったんですが」

リキオーの言に、ツナトモ公も顎を押さえて頭をひねっていたものの、やがて何かを思い出したらしく口を開く。

「ううむ。それで問題ないようですぞ。我が家に伝わる文献にも白虎は気まぐれで先代も戦闘にならずに終えたと記録に残していたようだ」

「ともかく、鎧もこのように変形していますし、休暇も不要ですので明日にも残りの玄武の試練を終えてしまいましょう」

「ですな」

マリアは退屈していたようで、リキオーがツナトモ公と話を済ますと、すぐに飛びついてきた。

「ご主人、試練は突破したようだな。どうした？　変な顔をしているぞ」

「白虎な、だらしないハヤテみたいだったんだよ」

「だらしないハヤテ？　ああ」

マリアは、ハヤテが伸び切った格好でグテッとしている姿を思い浮かべた。

ハヤテは、彼らの家や部屋で他人に見られる心配がなく、アネッテに抱きつかれたり撫でられたりしているときに限るが、そんな感じなのだ。

相手がリキオーの場合、ハヤテはじゃれついてくるか、組み合ってくんずほぐれつか、といった感じで、マリアの場合も似たり寄ったりだ。

「それは所謂《いわゆる》、ご褒美というやつじゃないか」

「だよな」

「ご主人、私にもご褒美がほしい」

「帰ったらな」

ツナトモ公やお付きの家人の目も憚《はばか》らずに抱きついてくるマリアを、リキオーは適当にあしらいながら街に戻った。

19 天翔の儀 玄武

エッドの街は徐々に復興しつつあった。少なくとも一時のように収拾が付かない事態からは脱却している。しかし、ツナトモ公の屋敷は相変わらず怪我人や病人で溢れていた。

今は、公の屋敷の周辺だけでなくエッドの街全体から、急病人や怪我の酷い者が優先的にここに運び込まれている、そのこともあって、アネッテに回ってくる仕事が途切れることはない。

それでも、ツナトモ公配下の侍の奥方たちが手伝いを申し出てくれたおかげで、アネッテがただ一人だけで切り盛りする状況ではなくなった。

ショーグン麾下《きか》の貴族、オワリャ、キシュの各都市から救援に来た侍たちが、昼夜を問わず通りに出て篝火《かがりび》を焚《た》き、ある程度の魔物なら始末してくれている。

おかげでエッドの街の治安は戻りつつあった。


夕刻、リキオーたちが長屋で休んでいると、アネッテが戻ってきた。

「お疲れ様」

「ええ、マスターも。試練のほうは順調のようですね」

「こっちは明日ですべて終わりそうだ。アネッテのほうはまだ掛かりそうなんだろ」

「ツナトモ公の家来の奥方様たちが手伝ってくれてますけど、今はこの街全体から怪我人が運ばれてきてますからね」

いくら回復魔法で早く治るといっても、怪我人全員に掛けるにはＭＰや時間がいくらあっても足りない。

元々、ここシャポネでは怪我をすれば包帯をして回復を待つのが基本だった。重傷者は死を待つだけ。そんなところにやってきたのが、アネッテの回復魔法だ。死すべき運命の病人がすぐに歩いて帰れるまでに治してしまうのだから、その効果に飛びつくのも無理はない。

アネッテも当初はすべての怪我人に回復魔法を掛けていたが、あとからあとから運び込まれるため、さしもの彼女も追っつかなくなってしまった。そのため今は、軽傷者は包帯で済まし、重傷者のみアネッテが対応することになっていた。

「大変ですけど、やり甲斐はあります」

「無理はしないようにな。そうだ、二人ともいるからちょうどいいか。ちょっと話しておきたいことがある」

「なんです？」

「俺のレベルが51になった。それに伴って新しいスキルが解放されている。お前たちもこの前の戦闘で二人ともレベル50になっただろ。おそらく俺と同じようにスキルが解放されたはずだ」

二人の反応が鈍い。マリアは一応「おお」と反応していたが。

レベルに関しては並んだが、ゲーマーではない彼女たちにとってレベルはさして問題ではないらしい。むしろ、自分たちに何ができて、どういう立ち回りができるのか、それについて知ることが重要のようだ。

早速リキオーは、二人に【マスターモード】について説明し、「HP25％以下」というリスクなく【覚醒】が使えるようになることや、また、それぞれの【覚醒】についての特徴などを詳しく教えていった。

マリアの【覚醒】は「ヴァルキリー」といい、パーティの盾役として継戦《けいせん》能力を上げてくれる。

「くうっ」

それを聞いたマリアの口元が緩んでいるが、インターバルなしでウェポンスキルを連続で使用可能、と聞けば、元々戦闘狂の気がある彼女がそう反応するのも致し方ない。

アネッテの【覚醒】は「ガーディアン」というもので、魔法の全体化、リキャストタイムなしでの詠唱が可能になる。

「HP25%以下」のために、アネッテの【覚醒】の使用は躊躇《ためら》われていたが、【マスターモード】ではそのリスクない。今までは【ヒール】にしても加速呪文【アクセレーション】にしても個別に掛けるしかなかったが、これからは一回でパーティ全員に掛けることができる。

使用MPも変わらないため、より消費MPを節約できる。

なお全体化は、回復、補助の魔法にかかわらず、彼女が使用するすべての魔法に適用される。今は使わなくなっているレベルの低い魔法も、全体化の効果が付与されるのであれば新たな活用が見込まれるだろう。

「またできることが増えるんですね。嬉しいです」

アネッテは頬を火照《ほて》らせて、自分が手に入れた新しい力に手応えを感じているようだ。

「だからといって無茶するなよ。これ以上、使えることを街の人たちに見せたら、ますますアネッテに依存してしまうからな」

「ええ、わかっています」

アネッテの回復魔法によって立ち直りつつある街の住人だが、アネッテの回復魔法は、この街の人々には劇薬に等しい。それにもかかわらず、今また、回復魔法の全体化なんて見せたら、もっと大変な騒ぎになるだろう。

ちなみに、以前にリキオーが釘を差したおかげで、アネッテは蘇生《そせい》魔法【リザレクション】は街の人に見せていない。そもそも冒険者にとっては、相手のスキルを詮索すること、また見せすぎることはマナー違反なのだ。

＊＊＊

翌日、リキオーたちは最後の試練のため、街の北にある老殻峰《ろうこくほう》という霊山の麓《ふもと》まで来ていた。

もう四回目の試練なので一連の手続きも慣れたもので、ツナトモ公も迷うことなく麓《ふもと》の社に手を当てて封印を解いた。神職の者たちが社を確認すると、巫女が神器である鏡を手にリキオーへと進み出る。

「では行ってまいります」

「お頼み申す」

リキオーが片手を上げて、こめかみの辺りで二本の指を揃えて敬礼すると、ツナトモ公以下配下の者たちが頭を下げた。

次第にリキオーの影が薄れ、聖域の中へと転移していく。

「さぁて、今回はどんな敵かな。前回みたいのだと、体力的には楽なんだがなあ」

今度のマップは、青龍のものに近い感じだった。

踏みしめられた土、そして木々。眺めはアラスカのような寒々とした岩と地形をしている。高く切り立った崖と道沿いには高い木が生えていて、空は雲海に覆われていた。そんな中をちぎれた雲が流れてくる。

歩くには困難ではない。そびえ立つ巨大な岩塊の周りを登っていく。緩やかにカーブ掛かった道を進んでいくと、こぢんまりとした家なら建てられそうな箱庭のスペースに出た。

キョロキョロと周囲を見回してみるが、肝心の神獣の姿が見えない。

玄武という亀の姿をしているのだろうと目算を付けているが、それらしい影はなかった。

「いないなら今のうちだな」

リキオーが【心眼】を唱え、分身体を作っていると、それは急に動き出した。

今まで岩に擬態《ぎたい》していたのだ。見た目はゾウガメのようだ。甲羅の外側が反り返っていて、その四肢は巌《いわお》のように巨大である。

玄武は甲羅から足を伸ばし立ち上がると、ニョキッと頭を持ち上げてこちらを睨みつけてくる。

後ろには、長寿の象徴とされた藻が生え、その顔には亀よろしく長く伸びた髭《ひげ》を垂らしている。

「いたのか。やっぱり亀だな。でもスピードは……」

亀だけにのそのそと超スローモーな動きを期待していると、玄武は長く伸びた頭と手足を素早く甲羅に収納。そして後部の長い髭から、ジェット機のようなゴーッという轟音ともに煙を噴き上げ、リキオー目掛けて飛んで迫ってきた。

「な、なんだとう！　それじゃガ○ラじゃねーか！」

リキオーは「ひぇぇ」と悲鳴を上げて一目散に逃げ始める。

走るリキオーのすぐ後ろで、ゴーッという噴射音が聞こえ、生きた心地がしない。

木々の間に入り込もうがお構いなし。神獣はその木々をバキバキと折って一直線にリキオーを追って飛んで来る。

逃げる途中に見つけた断崖の岩と岩の隙間に、多少のダメージ覚悟で飛び込んだ。

さすがに玄武はその隙間を避けた。しかし、リキオーが嵌まり込んだ岩の上に降り立つと、ゴゴと地割れのような地響きを起こしてきた。

「これは【震脚《しんきゃく》】か！」

【震脚】とは中国拳法のそれとは名前が一緒なだけで、重量系モンスターの技の一つである。微細振動により対象の分子結合を破壊するものだ。

このままここにいたら、挟まれて動けなくなるどころか、生き埋めだ。

「くっ、発動【マスターモード】チェックシックス！」

無限縮地で岩の隙間から抜け出したリキオーは玄武の背後まで瞬間移動し、十字斬りをお見舞する。

が、玄武の甲羅の上で弾かれてしまった。

玄武は【震脚】を中断し、甲羅から突き出した頭をのっそりと後ろ向ける。そして、リキオーにジェット噴射を向けてきた。

「なんて硬さだ！　って」

攻撃のあとで油断していたので、リキオーは玄武のジェットをまともに食らってしまう。

そのため張っていた分身体はすべて剥がされてしまい、さらに少なくないダメージまで被ってしまった。

【マスターモード】の斬撃は先日の白虎戦でも明らかなように、当てることができればほぼ瞬殺できるほど強力だ。おそらく玄武が十字斬りを弾けたのは、その奇妙に反り返った甲羅の形状のためだろう。

ジェットの衝撃を殺すため後退しながら、すぐ別の場所へと無限縮地で移動する。その間も次の展開を予想しながら動くリキオー。

【マスターモード】はあと五回分の百秒残っているが、単純な斬撃では返されるのがオチだ。【マスターモード】の斬撃は強力だが、それは無限縮地あってのもので、狙いを定めた一点突破には向かない。雑魚を大量にさばくのには使えるが、玄武のような硬い魔物には向かないのだ。

「そっちがその気なら、真っ向勝負といこうじゃないか」

リキオーは【マスターモード】を解除し、改めて【心眼】で分身を張り、さらに力場を展開する。青龍戦のときの戦法でいくため、力場のバリアを多重展開し、刀技連携の時間を稼ぐのだ。

この破邪の鎧はまだ足パーツが不足しているが、今の段階でもどこか魔力の通りが良くなり、愛刀の振りも速くなっている気がする。

青龍戦の刀技連携では、雪華乱舞の締めに本来用いる【刀技必殺之弐・導火】から、秘剣【空牙】に変え、さらにアーツによるポケットを使い、一気に殲滅《せんめつ》した。

玄武は、見たところ体術系のスキル構成だろう。飛び道具は今のところ見られないし、あのジェット噴射による飛行突撃は脅威だが、青龍のように常時飛んでいるわけではない。甲殻を絶対防御として泰然と構えているだけだ。ならば、こちらはその裏を掻けばいい。

「いくぜっ、光輝削斬《こうきさくざん》」

この連携は、硬いものを砕くときに使われるもので、玄武などに最適だ。衝撃と急激な温度変化により対象を脆《もろ》くしたところを一気に抉り抜くという技である。

「【刀技必殺之壱・疾風《はやて》】！」

居合抜きのポーズを取り、鯉口から刀を振り抜く。ピィッと甲高い鳥の声が聞こえ、吹き出した斬撃が玄武に襲いかかる。

しかし、硬い甲殻は刀身を弾き返し、僅かに軋《きし》んだだけで玄武が痛痒《つうよう》を覚えた気配はない。

「【刀技必殺之四・把塵】！」

納刀し、再び刀を水平に振り抜く。そしてそのまま一回転して今度は刀を振り上げると、特殊エフェクトの月が現れる。

美しい光景に反して、炎がブワッと上がり爆発する。玄武の甲殻がチリチリと高熱に炙《あぶ》られ、表面に薄いヒビが入っていく。

玄武はようやく危機感を覚えたのか、ジェット噴射し始め、リキオーから一旦距離を取ると、すぐさま、キュウウウィィという甲高い声を上げて突進してくる。

それを力場で形成したバリアで躱したリキオーは、さらに刀身を鞘に戻した。

「【刀技必殺之参・楼水】！」

三度《みたび》、抜かれた刀はそのまま突き上げられ、刀身に纏わせた氷塊が連鎖的に高熱に反応して玄武の甲殻の各所で爆発する。

このとき、決定的な割れ目がビシィッと装甲に走った。玄武は「ケァアアア」と耳障りな悲鳴を上げる。

「トドメだぁッ、秘剣【空牙】！」

リキオーに向けて暴走してくる玄武に対して、四度目の刀技が叩きつけられる。

振り抜いた刀身を大上段に構え、一気に振り下ろすとき、エフェクトが獅子の牙となり、そのまま玄武を噛み砕こうと顎を閉じていく。

獅子の牙が玄武の甲殻を破砕し、柔らかい肉身を容易《たやす》く切り裂いていく。さらに四方八方から光の槍が降り注ぎ、玄武を穴だらけにしたあと大爆発を起こした。

リキオーが振り下ろした刀身を収めたときには、玄武は白い光となって空へと溶けていくところだった。

そして、両手を差し出したリキオーの手に、金色の光の粒が降ってくる。

リキオーの手をそのまま貫通するように、金色の粒子は鎧の足元を輝かせる。光が収まったとき、リキオーは全身に溢れる闘気に自然と「オォォォォオッ」と唸っていた。

破邪の鎧の完成だ。

改めて自らの姿を手で触れながら確かめていく。一つの鎧の完成形がそこにはあった。

腰に差した愛刀正宗は、白い破邪の剣となり、忍刀・不動は小型剣の大きさだったものが、長刀になっていた。

正宗だった刀を抜いてみると、刀身は金色の波動を放っている。見る者に勇気を与え、項垂《うなだ》れた者の顔を持ち上げ、前へと歩ませる強い力を噴き出しているようだ。

それに対して、忍刀・不動だった長刀の刀身は、反対に真っ黒だ。まるで漆黒の闇が形を為したように、空間をそこだけポッカリと切り抜いたような眺めである。闇を討つ者は、闇さえも取り込まないと輝けないと囁いているかのようだ。

そしてリキオーは、ステータス画面を開いて自分のジョブ名を確認する。そこには確かに「侍タイショー」の文字が。

「これでやっとキュウビを調伏する準備ができたな」

二振りの刀を鞘に収めると、リキオーはゆっくりと霊山を下りていった。

門を抜けてリキオーが社のところに出てくると、ツナトモ公が振り返って「おお」と感嘆の吐息を漏らした。

「リキオー殿、破邪の鎧をとうとう完成させましたな。先代から失われた姿をもう一度見ることができるとは。いやはや、ご立派ですぞ」

「はい、公と皆様のご協力のおかげです。決して私一人でここに至ったわけではありません」

「これでやっと民に、死んでいった者たちに、報いることができます」

ツナトモ公は涙を流していた。それはツナトモ公の供の者たちも同様だった。この鎧が先の戦いのときにあれば、死んでいった者たちもむざむざ命を落とすことはなかったのだ。

しかしこのとき、リキオーは、厳しくも次のように思っていた。

ツナトモ公が平和の世を作ったことは讃えられるべきだ。研鑽《けんさん》を積み、終生、ただ剣のみに生きるなど誰でもできるものではない。

だが、その平和のために忘れてしまった過去の積み重ねを、圧倒的な力に至る道を、失うことは避けねばならなかった。

一度平和に酔ってしまった人々の目を覚ますのは難しいのだから。

＊＊＊

霊山からツナトモ公の屋敷に帰ってくると、全身から金色の波動を放つ鎧はやはり目立つらしく、人が集まってきた。皆、口々に鎧の神々しさを言い、二刀流の拵《こしら》えを褒めてくる。

自身が金色に輝いていることは、これがツナトモ公の宿願であり、キュウビを調伏するために必要だからとしてリキオーも我慢しているが、気恥ずかしく感じていた。

幸い金色の波動の下は、元のリキオーの鎧のメインカラーである漆黒のままらしい。今は派手に輝いているが、水竜イェニーの恩寵《おんちょう》であるこの金色のヴェールがなくなれば、元の渋い配色に戻るのだろう。

「マスター、お疲れ様」

「そっちもな、アネッテ」

リキオーがマリアを伴って戻ってくると、すっかり着物姿が板に付いて馴染んでいるアネッテが駆け寄ってきてしがみついてきた。

「もう救護のほうはいいのか」

「はい。皆さんのご尽力のおかげで、私が手助けする場面もほとんどありませんから」

そう言ってアネッテは、完全体になったリキオーの鎧をペタペタと触っては、ハーッとため息を吐いている。

「どうした、何か感じるのか？」

「とても強い聖別の力を感じます。マスターの元の鎧の何倍も」

そこでふと思いついて、リキオーはアネッテに尋ねてみた。

「そういえばアネッテは、カンストしたあと、自分のスキルとか魔法とかチェックしたか？」

「私、そういうのはあんまり見ませんから」

「マリアもか？」

霊山から一緒に戻ってきたマリアにも話を振ると、彼女もブンブンと頭を横に振って、アネッテと顔を見合わせた。

「だと思ったよ」

リキオーは諦めたようにため息を漏らす。

結局、パーティシステムのメニューに表示される項目や設定などは、リキオーが確認して知らせてやらないと、本人たちだけでは見ようとさえしてくれないのだ。

パーティシステムの恩恵を受けて長いのに、アネッテもマリアもほとんどメニューに触ろうとはしない。リキオーだけが使えるわけではなく、パーティを組んでるメンバーなら全員、操作することができるというのに。リキオーとしては、せめて装備を登録できるアバター画面くらいは、自分でチェックしてほしいと思っているのだが。

彼自身はメニューを使いこなしているので、『アルゲートオンライン』のゲームの感覚で使用し、特にアバター画面を重宝がっているが、それさえも、アネッテとマリアは頑強に拒否している。

仕方なくリキオーだけが使い、たまに二人のアバターを勝手に変えるなど悪戯《いたずら》を仕掛けるのに使っている。女性陣二人が頑なにアバター画面の使用を拒んでいるのは、その辺りに理由があるのかもしれなかった。

「まあ一度に言っても覚えきれないだろうから、ちょっとずつ説明するな。この前は【マスターモード】の説明しただろ。でもレベルが50に達した恩恵はそれだけじゃないんだ」

リキオーはパーティメニューを画面を二人に見せながら、それぞれの獲得したスキル、魔法を説明していった。

アネッテはレベル50になって、光属性の最上位魔法を手に入れた。光の精霊と契約した精霊術士だけのエクストラ魔法【ヒールバースト】だ。

【ヒールバースト】は【ヒール】と名前にあるが、それだけではなく状態回復魔法【レストレーション】の上位版の性格も有している。

バーストとあるように、弾けて拡散する性能を持ち、浄化の力に加えて、退魔の力を得ている。その効果範囲は本人を中心にして半径十メートルほど。

最上位と言いながらその範囲は意外と狭く思えるが、精霊術師の【マスターモード】ガーディアンの特性、魔法の全体化が加わると一気に化ける。効果範囲が半径百メートルにまで拡散するのだ。元からある【ヒール】や【レストレーション】の効果も向上しており、味方を回復しつつ、聖属性に効果のある敵にはダメージを与えられるという、一度で二度おいしい魔法だ。

そしてそれとは別に、純粋に破壊の力に特化したものに、【マスターモード】との合わせ技である【エレメンタリィロード】がある。

精霊契約による魔法は本来、詠唱と魔力を練り上げるのに時間とＭＰコストが掛かるものだ。しかし【マスターモード】でその制限を取っ払い、契約精霊を同時に複数、最大四体召喚し、それぞれの精霊王の持つポテンシャルを完全解放する、というのが【エレメンタリィロード】である。

以前、黒竜公の屋敷に赴いた際、暗渠《あんきょ》と化していた地下水道を砲身に見立てて、精霊魔法を撃ち出したことがあったが、それの複合版といったところだ。

あのときは限定された空間だったとはいえ、召喚した精霊一体だけで水路全体を浄化してみせたのだ。それが一度に四体である。その破壊力たるや想像の域を超える。

【ヒールバースト】の説明のときは、ただ驚くに留めていたアネッテたちだったが、【エレメンタリィロード】の詳細を聞く至っては完全に引いていた。

「マスター、それ使うときが来るんですか？」

口元をヒクヒクと痙攣《けいれん》させながら聞いてくるアネッテ。

リキオーは、「いやお前の力だから」と内心ツッコミを入れながらも、自分でもその反応もやむなしと思っていた。

とはいえ、大概何か危険な、あるいは強い効果のある魔法を使うときは、アネッテが独断で使うことはまずない。蘇生魔法【リザレクション】にしても、リキオーが滅多に使うなと厳命しているおかげで、大勢の負傷者が出たこの街でも使っていないのだから。

アネッテが得た新能力に比べると、マリアのはややおとなしい。常識の範疇《はんちゅう》にあるものだ。

マリアのレベル50の獲得スキル【ブレイブフォース】は、パーティメンバーの内、誰かが即死クラスのダメージを受けると、そのダメージを肩代わりするというものだ。またその場合、ダメージを引き受けるが、実際に被るダメージは著しく軽減されて元の一割ほどになる。なお、このスキルはパッシブスキルなので、本人は意識する必要がない。

さらに、レベル50で獲得した聖騎士専用ウェポンスキルが、【ソードオブナイト】だ。

このスキルを発動させて剣を振ると、剣速も普通で防ぐのも苦労しなさそうだが、実際に当たれば、多重の斬撃となる。

よく見れば、この技を出しているときの剣先はブレている。一振りで千の斬撃を放つのと同じ効果があるという、ぶっ壊れた性能だ。

元々、聖騎士として守りが堅いところにこの技が使えるようになると、聖騎士は、別名「ワンマンアーミー」と呼ばれるようになる。つまり、その名が伊達じゃないほど、一対多でも通用するような、一人で軍隊並みの戦闘力を発揮するようになるのだ。

「まあ、マリアが【ソードオブナイト】を使うタイミングは任せるよ。お前ならここ一番っていう最適な時期に使うだろうって信じてるからな」

「うむっ」

マリアは鼻息も荒く、手にした力の使い所を考えているのが、リキオーにもありありとわかった。大きな力を持つ者はそれを行使することに責任を持つのだ。それをより強く感じているのは、アネッテだろう。

「ここぞ、というときには頼むぞアネッテ」

「は、はい。大丈夫でしょうか」

「キュウビは強いからな。こっちも出し惜しみはなしだ」

そうは言ったものの、【ヒールバースト】はともかく、【エレメンタリィロード】のほうは使う場面を著しく制限するだろうと、リキオーは予測していた。

【エレメンタリィロード】は、影響の範囲の大きさから狭い場所で使えないのだ。周囲を破壊しても誰も文句を言わないような広大で開《ひら》けた場所でないと、技のポテンシャルが十分に発揮されるとは言い難い。

この辺りは森が多く、またそうした森は住む者たちにとっては生活の糧となる場所なので、おいそれとぶっ放して自然破壊するわけにもいかないのだ。

夕餉《ゆうげ》の時間が近づいてくると、マリアのお腹がクルルルと可愛い音を響かせる。が、そんな音を出した本人は、恥ずかしがる気配もなく長屋の座敷で着替えを始めていた。

アネッテはクスクスと楽しげに笑い、妹分のあとを追って自分も長屋の部屋に入った。お茶でも淹れて、母屋の調理場から膳が運ばれてくるまでの間、腹の虫を誤魔化すつもりなのだろう。

アネッテが、出かけようとするリキオーに声を掛ける。

「あら、マスター？　もうすぐお夕食ですよ」

「ああ、先に始めててくれ。俺はちょっと道具の補充をしてくるから」

「はぁい」

それからリキオーは屋敷の母屋で下男に連絡を頼み、ツナトモ公に頼んでお抱えの弓師を紹介してもらえないかとお願いした。

というのも、キュウビに一撃を加えた破魔弓の専用矢である鏑矢を、ここで補給できないかと思ったのだ。

鏑矢は、かつてモンド大陸にいた頃にも王都で補給できないかと模索したのだが、果たされなかった。しかし、元々、リキオーの鎧も、破魔弓も、そして破邪の剣・黒の元になった忍刀・不動もシャポネが発祥。ここならそれも叶うのではないかと考えられた。

公の屋敷の敷地は広く、お抱えの鍛冶師《かじし》や甲冑師《かっちゅうし》が揃っており、また予想通り、弓師もいた。

こうして訪ねた弓師のもとで、念願だった鏑矢の補給を受けることができたのだった。

＊＊＊

その夜、ツナトモ公の屋敷の本邸で、天翔の儀を突破し、破邪の鎧の完成させたことを祝う宴《うたげ》が催された。

街の復興は進んでいるものの、その原因たる魔物が根絶されていない。それにもかかわらず、怯える街の人々の心を一時でも晴れやかにする希望として、それは執り行われたのだった。屋敷は開放され、民、侍の区別なく酒が振る舞われている。

リキオーはまるで雛壇《ひなだん》にいるような感覚で、屋敷を訪れる人々が自分の金の波動を放つ鎧を拝んでいくのを眺めていた。

宴の中心にいるので酒を勧められる。だが、いつキュウビの襲撃があるやもしれないので拒んでいたら、マリアが酒を飲みたがった。仕方なく付き合ってやると、アネッテがポケットに入れた状態回復魔法【レストレーション】を用意してくれた。酩酊《めいてい》状態も状態異常らしい。そんなことにちょっと愕然とさせられたリキオーだった。

宴が終わり、長屋に戻る頃、ツナトモ公が珍しく一人で訪《おとな》ってきた。いつもそばにいるシヅの姿はない。ツナトモ公が告げる。

「リキオー殿、皆さん。今宵はありがとうございました」

「いえ、俺たちもお世話になりましたから、こんなことで少しでもお返しできれば嬉しいことです」

少し躊躇《ためら》いながらも、ツナトモ公が尋ねてくる。

「ところでお聞きしたかったのですが、貴殿が所有されている黒い拵《こしら》えの忍刀、あれはどういう謂《いわ》れのあるものなのですか」

リキオーは腰に差した破邪の剣・黒を取り上げて答えた。

「これの前身である忍刀は不動という号《ごう》で、かつて共闘した鳥人グリードの長《おさ》から盟約の印《しるし》として頂いたのです」

「リキオー殿は彼ら鳥人と友誼《ゆうぎ》を結ばれていたのですね」

ツナトモ公は得心がいったというふうに頷き、そして続ける。

「我々も当初は、まるで魔物のような彼らの見た目に驚いたものですが、仲間を助けてくれた彼らに恩義を感じて、幾つかの品と技術を与えました。その中に貴殿が腰に差していたその忍刀もあったのですが……」

「……」

リキオーは破邪の剣・黒を腰に戻すと、ハーッと深いため息を吐いた。

いつか話すときが来るかもしれないと思っていたこと。そう、リキオーがシルバニア大陸に渡ってきて彼ら鳥人のグリードたちと共闘し、アルタイラの前進基地を潰したのは、今いるシャポネの時代から優に三百年もあとのことなのだ。

リキオーは意を決して告げる。

「実は、我々はあなたたちが生きた時代より、ずっとあとの未来から来たのです」

それを聞いてツナトモ公は一瞬驚きを見せるも、そのまま淡々とした様子で言う。

「あなた方には驚かされてばかりですね。竜の戦士と聞かされたときも驚きましたが。ところで私たちは、あなた方が生きておられる時代まで子々孫々、命脈を繋いでいけるのですか？」

「いえ……古代国家の起こした戦争により、この国のある一帯は水中に没しました」

「そうですか。あなた方にとってはすでに過去、定められた事実なのですね」

かなりショックなことを言われているのに、ツナトモ公は動じることも取り乱すこともなかった。ただ己の運命を受け入れているように見えた。すでにそのことを悟っていたのかもしれない。それを聞き質《ただ》すことが、公が今夜ただ一人で供も連れずに訪れた理由なのかもしれない。

「このことは私の胸にだけ収めておくことにしましょう。では、失礼いたします」

ツナトモ公が去っていった。

戸口ではアネッテが、公の後ろ姿を心配そうに目で追っていた。

リキオーたちとて、竜の力でこの時代に来ているに過ぎない。彼らエッドの民のことは気に掛かるが、彼らには何もできない。

それは変えようのない運命なのだ。

20　決戦のとき

そのときは突然来た。

銀狼団のメンバーは、それぞれハヤテの超感覚を通して、敵の到来を察知した。

まだ日が傾きかけたばかりで、夕刻にも達していない。まさか敵が昼日中から襲ってくるとは。夜に来るのがこれまでの定石《じょうせき》であったのだが。

マリアが心配そうな表情を浮かべて、リキオーに声を掛ける。

「ご主人」

「ああ」

「戻るぞ。みんなと合流しよう」

リキオーとマリアは街の復興の手伝いに出ていた。すぐに二人は、他の人にその仕事を任せてツナトモ公の屋敷に戻ってきた。

アネッテは怪我人の世話をしているところだった。しかしすぐに異変に気づいて、ともに作業にあたっていた婦人に頷き、そのまま飛び出してくる。

ハヤテとカエデも街の警備に出ていたが長屋にまで戻ってきた。かねてより急事あればここで落ち合うと決めていた。

「リキオー殿」

異変に気づいたようにシヅが駆け寄ってくる。その顔はリキオーたちの纏う厳しい雰囲気に呑まれてか、険しいものとなっていた。

「シヅ殿、街に警報を。奴が、キュウビが近づいています」

「！　わかりました。ご武運を」

くのいちとしてツナトモ公の警護を担当するシヅは、ハッとして一瞬顔を強張らせると、元の表情に戻り、そして頭を下げた。

リキオーたちはフル装備に着替える。すでにリキオーのものになった完全体の破邪の鎧を纏うと、それは眩い光を放った。着ているだけで全身に力強い闘気が漲《みなぎ》ってくる。

「行こう」

「はい」

「ああ」

「ハヤテ、カエデ、頼んだぞ」

「ワウッ」

リキオーたちはハヤテとカエデに分乗し、それぞれその背中に掴まって、屋敷を文字通り飛び出していった。

パーティがエッドの街の外周部を越える頃、カンカンカンカンカンと火の見櫓《やぐら》に吊るされた警告の鐘《かね》が街中に鳴り響く。

街の出入り口の門が閉ざされ、篝火《かがりび》が焚《た》かれた街の通りに、刀を抜いた侍たちが立った。

彼らにも何となくわかっていた。

再びこの街を魔物たちに蹂躙《じゅうりん》されれば、もう二度と朝日を拝むことはできなくなる。この日、リキオーたちがキュウビを倒さなければ、エッドの街は滅ぶだろう、ということが。

リキオーとマリアはハヤテの背にしがみつき、アネッテはカエデの背中に掴まっている。

二匹の風のようなジャンプに揺られながら、リキオーたちはエッドからなるべく距離を取るように農村を抜けて深い森の中を進んだ。

二段ジャンプで空中を駆けるハヤテたちの足元に、禍々しい気を放つ魔物たちが手に掛けようと迫ってくる。

しかし、二匹は魔物たちには目もくれず、ダッダッと森の奥へと進んでいった。森が濃くなるたびに、集まった魔物たちの濃度も濃くなり、最早《もはや》足の踏み場もない。

キュウビは、うじゃうじゃと湧いて出た魔物たちの中に立っていた。細い足のようなものを何本も下ろして、それで魔物たちを制御しているようだ。

蠢《うごめ》く魔物たちから遥かに高い位置に、黒々と渦巻く小型の台風のような黒雲を形成し、そこに居座るキュウビ。

ようやく、そのキュウビにまで近づいたリキオーたちは、ハヤテたちの背中から足元を見下ろした。

ともかく何をするにしても、この魔物の群れの中に拠点のような場所を設ける必要がある。このまま落ちれば魔物たちの餌食《えじき》になることは確実だ。それならば――

「マリア、いけぇぇッ！」

「たぁぁッ」

リキオーの掛け声に反応したマリアは、単身、ハヤテの背中から飛び降りると、ギャリンと音を立てて鞘から魔剣アークセイバーを振り抜いて、地上で蠢《うごめ》く有象無象の魔物の中へと剣先を突き立てた。

その刹那《せつな》、まるで地面が沸騰したように爆発する。

早速、使ったのだ。マリアがレベル50で獲得した聖騎士最終奥義【ソードオブナイト】を。

剣先を振り回すたびに、魔物たちはまるで破れたサンドバッグから噴き出る砂のように消し飛んでいく。

マリアが作ってくれた足場に、リキオーとアネッテが降り立つ。

ガァァァッ、とハヤテが野太い吠え声を上げると、カエデとともに切り込んでいく。

「防御呪文いきますっ」

続いてアネッテが杖を振りかざし、自分の仕事を始める。

さながらピアノの鍵盤《けんばん》のように広げたアーツのポケット。

そこには、彼女の得意とする様々な魔法が格納され、出番を待っていた。

いつものようにポケットから魔法を発動しようとすると、リキオーに肩を叩かれる。アネッテが振り向くと、主はニヤリと笑って悪い顔をしていた。

「マスター？」

「アネッテ、【マスターモード】を使え。遠慮はいらない」

「はいっ、発動【マスターモード】チェックシックス！」

アネッテの耳にゴーンゴーンと鐘の鳴る音とともに、カチッカチッと時計の秒針を刻む音が響く。

すると、彼女の足元から膨大な魔力が噴き上がり、身に着けているハイウィザードクロークの裾がバタバタとはためいた。

「【プロテクトヴェール】【アクセレーション】」

そのまま、魔法の全体化で【プロテクトヴェール】と【アクセレーション】を掛ける。

パーティ全体に、物理防御と加速の効果が掛かった。

今までは対象とする味方一人ひとりにそれぞれ詠唱をして掛ける必要があった呪文が、詠唱なしでしかも全員に掛かっていく。

リキオーは、グイッと顔を上げて睨んだ。

見上げた先には、黒々と隆起した積乱雲に似た雲が蠢《うごめ》いている。

その周囲を、轟々と風が吹き荒れ、雲の下部からは真っ黒で細い足が何本も地面に突き立てられていた。

どうやらキュウビは、前回リキオーと戦った際に、直接攻撃を食らったことを警戒しているようだ。あの雲を突破しない限り、前回のように破魔弓と鏑矢を用いてもダメージを負わせることはできそうにない。

「チッ、いやらしいぜ。奴め、後ろで高みの見物か？」

腰に提げている、正宗が変化した破邪の剣・白が輝きを発して、存在を主張している。まるで活躍の舞台に上がることを望むように。

リキオーが剣を引き抜くと、ブオッと覇気《はき》が噴き上がる。

（これはっ）

リキオー自身も破邪の装備の性能を把握していない。

白のほうは刀から金色の波動を生み出している。それに対して黒のほうの刀は全体が漆黒で、まるで闇を垂らしたように黒くなっていた。

抜き身の破邪の剣・白に纏いつくようにグルグルと風が渦巻いていくる。

（もしや……やれるか！）

「【刀技必殺之壱・疾風《はやて》】」

ピーッと鳥の泣き声のような甲高い音が鳴り響く。

すると破邪の剣・白から、今までの刀技とは違う形だが確かに【疾風《はやて》】が発生し、それは頭上の黒雲を貫いた。

さらに破邪の剣・白の刀身から生み出された何匹もの青い鳥が、白い軌跡を描きながら雲の中を縦横無尽に飛び回る。

どうやら、大幅に性能向上した刀技を、いつものように居合の形からでなくても、撃ち出せるようになったらしい。

黒い雲が、今の【疾風《はやて》】の攻撃に怒ったのか、雷を落としてくる。

唇の端をニイッと持ち上げて、リキオーは抜き身の破邪の剣・白から刀技を連発する。

【導火】は刀身から火の渦を放ち、それが黒雲へと突き上がって貫通する。

【楼水】は水の渦となり、黒雲にぶつかると雹《ひょう》になり、黒雲の縁を削りながら高い空へと駆け上がっていく。

【把塵】は土の礫《つぶて》だ。

リキオーの連続攻撃に黒雲は、中にいるキュウビが暴れるように、何度となく雷を落としてくる。

効果はあったようだ。しかし、このままでは一向に埒《らち》が明かない。本体を叩かなければ意味がない。

「ハヤテ、頼むっ」

「ウオォォン」

周囲の魔物を屠りまくっていたハヤテは、ご主人様の要請に歓喜の声を上げて、ダッダッとリキオーの前に跪《ひざまず》いた。そして彼を背に跨《また》がらせると、頭上に渦巻く黒雲へと二段ジャンプを連続して使い駆け上がっていく。

だがキュウビも、リキオーたちが近づいてくるのを警戒して雷を連続して落としてくる。

「くっ」

リキオーは破邪の剣・白の刀身で雷を弾く。が、何発かは食らってしまい、苦悶の呻き声を漏らした。ハヤテも同様に何発か雷を食らったものの、足を止めることなく、リキオーを乗せたまま黒雲の中へと突き破っていく。

黒雲の中は、まるで台風の目のようになっていた。天上まで大きな円筒を形成していて、その中心に、奴はいた。

周りを渦巻いている黒い雲の流れに油断すると、たちまち吹き飛ばされそうになる。

キュウビはガァァと威嚇するように吠えると、赤い目をギラギラと輝かせてリキオーたちを睨みつけてきた。

それと同時に、体の後ろの白い尾の先端から鬼火玉をボウッと瞬《またた》かせて、何発も撃ち出してくる。

「ヤバイな、あんなのを食らったら終わりだぜ」

前回見たように、あの鬼火玉は呪いの塊《かたまり》だ。

呪いはバッドステータスの一つで、動きを重くし、解呪《かいじゅ》しない限り、十秒毎に即死判定が来るという厄介なものだ。とはいえ、聖水やアネッテの状態異常回復呪文【レストレーション】で回復することはできる。

リキオーの焦りを感じ取ってか、ハヤテの動きまで若干鈍り、その隙を突くようにして、いつの間にか迫っていたキュウビの爪が襲う。

リキオーは咄嗟に柄に収まったままだった破邪の剣・黒を引き抜いて、刀を交差させて防護した。

しかし、その拍子に、ハヤテの背から吹き飛ばされてしまう。

「うっ、し、しまったァ」

リキオーは体勢を崩したまま、黒い雲の中を落ちていく。

ハヤテが気づいて「ワウっ、ワウッ」と吠えながら、ご主人様を回収しようとするが、乱気流に翻弄され、それもできないでいた。

＊＊＊

リキオーたちが何とかキュウビにダメージを与えようと奮闘している間、地上ではアネッテとマリアが周囲の魔物を捌《さば》いていた。

魔物たちはその姿も能力も様々で、二人に怨嗟の眼差しを向け、爪や触手を伸ばしてくる。それればかりか、不気味な緑色や、血のような赤色の粘液を飛ばしてくるものもいる。そのたびにマリアがスキル【カバーリング】でアネッテを庇《かば》った。

聖騎士であるマリアは魔物に対して絶対的な防御力を誇る。その盾もただの盾ではない。鎧である アヴァロンアーマーとセットになった盾は、マリアの覇気を纏って、その重量もあって立派な武器となるのだ。シールドをまともに受けた魔物は、それだけで吹き飛ばされ滅ぼされていく。

一方の手に一撃必殺の魔剣アークセイバー、もう片方の手に防御値の高い盾を持った彼女は、レベル50になった今、ジョブ・聖騎士として完成し、より守りが堅くなっていた。その姿はまさに「タンク」と称されるに相応しい堅牢さだ。

「でやあぁぁッ」

マリアの携えた魔剣アークセイバーが、二人の包囲陣を狭めようと魔物たちが迫ってくるところを、ぐるりとなで斬りにしていく。剣先が触れたそばから蒸発していく魔物たち。

アネッテを中心にして旋回しながら、絶えず移動を繰り返しウェポンスキルを放ち、近寄ってくる魔物を屠っていく。

「魔なるものを打ち砕いてッ、【サンダーレイン】」

マリアの作った隙に、アネッテの詠唱が重なり、バリバリと強烈な雷撃が魔物たちを滅ぼしていく。

しかし、二人の攻防も虚しく、魔物の数は減らず、むしろ増しているようにも思える。

そこに、黒雲の中でキュウビと戦っていたリキオーが、ハヤテの背中から吹き飛ばされて落ちてくる。続いてハヤテも「キュウン」と弱々しい泣き声を漏らして落ちてくる。

その姿に、アネッテとマリアは愕然としてしまった。

しかし、集中は切らさない。

今ここで緊張感を失ったら、たちまち魔物たちに呑み込まれてしまう。主の背後を守るのが彼女たちの務め。

「ご主人！　ハヤテも？」

「マスター！」

リキオーは左右に握った両手の刀を広げて、空中で体を捻ると、背中から落ちるのは避けて着地した。

アネッテは「チェックファイブ」と声を上げて【マスターモード】の二段目を発動させると、【ヒールバースト】を放った。

彼女の頭上に掲げられた杖のさらに上で白い光が爆発すると、周囲の魔物が光の中で浄化され次々と弾け飛んで一掃された。それと同時に地に落ちたリキオーとハヤテを回復する。

「大丈夫ですか？」

「あ、ああ」

リキオーは駆け寄ってきたマリアとアネッテを安心させるように強がりな笑みを浮かべてみせると、頭上で渦巻いている黒雲を睨んだ。

そしてハッと気づく。

黒雲とその下に群がる魔物たちの関係に。

（そうか、奴は魔物たちを魔力供給源にして、あれを維持しているのか）

黒雲の下から地上に伸びる、植物の根のような無数の赤い糸。それらは魔物たちを糧に魔力を得て、黒雲をバリアのように盾として形成しているに違いない。

ならば、その供給源を絶てば？

事実、今のアネッテの【マスターモード】による全体化が加わった【ヒールバースト】で広範囲の魔物が弾け飛ぶと、黒雲を取り巻く渦の密度が下がり、薄《うっす》らと中まで透けて見えるほどになった。

「どうにか攻略の糸口が見えたぜ」

口元に不敵な笑みを浮かべて、リキオーは両刀を握りしめた。

「アネッテ、できるだけ魔物を引きつけて【ヒールバースト】で大量に魔物を吹き飛ばしてくれ。【マスターモード】を使いきっても構わん。マリアもアネッテを守りつつ、ぶちまかしてやれ」

「わかりました」

「おうっ」

二人が力強く頷いたのを見て、リキオーは再びハヤテの背に跨《また が》って空へと駆け上がる。

そうして黒雲の中に入っていくと、キュウビは忌々しそうにリキオーたちを睨みつけた。そして直立した尾を振って鬼火を飛ばしてくる。

（またか？）

破邪の剣・白と黒を構えたリキオーは、先ほど、刀を抜いたときに感じたように本能的に黒を振って鬼火に叩きつけた。

その瞬間、鬼火は半分に割れて、ぶすぶすと煙を吐き出しながら消えていく。

「そうか、黒ならあいつを斬れるのか！」

そう叫んだリキオーは、偶然、抜き身の白と黒の刀身を重ねる。すると何か異質な領域が、刀身が重なった部分から一気に広がっていった。

21　キュウビの真実

気づくと、リキオーはたった一人、キュウビとともに閉じ込められていた。

ネガフィルムのように反転した真っ黒な世界で、自分も敵も白い輪郭を放っている。

跨《また》っていたはずのハヤテはいない。マリアやアネッテの存在もそこにはなく、風を切る音も何も聞こえない。全く無音の空間に取り込まれていた。

キュウビも戸惑っているらしい。グルルルと低い声を漏らして警戒している。どうやら、この空間はキュウビの攻撃ではないようだ。

（な、なんだ……か、体が勝手に動く）

リキオーの手が、彼の意識のコントロールを外れて動きだす。

刀身を重ねていた破邪の剣・白と黒が左右に広げられ、再び交差していく。そして、リキオーの唇から、彼のものではない低い声が呟かれた。

「縛《ばく》」

左右に広げた白と黒の刀から、キンと甲高い音が響く。キュウビに、細い糸のような線が絡みついていく。

リキオーも何が起こっているのか理解できない。

さっきも確認したが、これは少なくとも敵の攻撃ではないだろう。麻痺やその他の状態異常でもない。別の意思に体を乗っ取られているような感覚だ。

だが、不思議と嫌な感じはなく、感じられるのは、自分の波長に同調しようとするような心地いいものだ。

であれば、身を任せる以外にない。

「解《かい》」

再びリキオーの口から彼の声ではない言葉が漏れると、黒い糸に包み込まれたキュウビの腹の辺りに金色の光が漏れ出してきた。

（これは……そうか！）

ずっと考えていた違和感。その答えが、ようやくわかった。

そう、キュウビという名前は「九尾の狐」だからこそのものだ。それなのに、目の前のキュウビは尻尾こそ九本あるが、狐のそれではなく頭もイタチだ。

そこでリキオーは悟る。

御遣いがこの時代に送り込んだ楔、それに侵食された九尾の狐はより凶暴に変化し、今のキュウビになったのだ。形こそ九尾の狐を模しているものの、楔の核によって全く別物に変容している。

リキオーは破邪の剣・白を構え、キュウビのもとへジャンプし、奴の腹で光る輝き、楔の核に向けて、確信を持って刀身を振るった。

黒い糸に包まれたキュウビの腹に、破邪の剣・白の刀身がスルリと滑り込む。そして引き抜かれると、キュウビはグワァァと苦悶の叫び声を上げた。

リキオーはバッと後ろに飛び下がり、黒いネガの空間に縫い止められたように動かないハヤテの上に戻った。

リキオーは、自分の中から自然と出てくる言葉を、確信を持って言った。

「『散《さん》』」

リキオーがその言葉を呟いた瞬間、自分のものではない声と重なり、謎の空間が、初めに展開したスピードで急激に収縮し、元の空間に戻っていった。

＊＊＊

ハヤテは「ばう？」と、背に乗っているご主人様と、対峙した敵との間で流れる微妙な空気に、頭を傾げている。

リキオーは、ニヤッと唇の端を持ち上げてハヤテに命じた。

「ハヤテ、距離を取れ」

「ワウッ」

ご主人様を乗せたハヤテはバッと後ろへとジャンプすると、空中で見えない足場を作り、踵《きびす》を返してアネッテたちのところへ戻ってきた。

「マスター、どうしたんです？」

「わからん、手応えはあったはずだが」

マリアは盾を構えながら魔剣を振るっては魔物たちを蹴散らしている。実に生き生きとして楽しそうだ。

リキオーたちが見上げると、キュウビを覆い隠していた黒雲は消えかけており、もうほとんど形を留めていない。

アネッテが【ヒールバースト】を連発した結果、あれだけ大量にいた雑魚魔物はほとんど浄化され、あとは体の大きな個体がマリアの餌食となるべく向かってくるばかりだ。とは言ってもマリアの行動を止める力もない。彼女にとっては与《くみ》し易い相手ばかりだ。

リキオーは一旦、キュウビから距離を取って様子を窺《うかが》う。

もし、まだキュウビが襲ってくるようであれば、別の作戦を考えなければならない。

だが、御遣いたちがこの時代に打ち込んだ楔の核を撃ち抜いたのだ。これでキュウビは己の存在の根幹を破壊されたはずだ。

キュウビは後ろ足で直立しているものの、牙が生えそろった口元には力がなく、全体のフォルムさえ崩れつつあった。赤く光っていた目は、今では真っ黒で何も映していない。九本の直立していた尾の先端に燃え盛っていた鬼火も消え、尾の何本かは半ばから折れている。

何かが、キュウビの体の中で起こっているのは確実だ。

リキオーはその様子を見て確信した。今ならばとどめを刺して、この戦闘に決着をつけることができると。

「今ならやれるッ、ハヤテ、行くぞ」

「わうっ」

リキオーは再びハヤテに跨《また》がると、一気にキュウビに向かう。

もうキュウビはリキオーが近づいてくるのさえ認識できないようで、足元から崩れつつあった。

その中に内在するエネルギーは、暴発寸前にまで膨れ上がっている。

これまでキュウビとして強大な魔力を操作していた。その箍《たが》を失った今、キュウビはそれ自体が持つ膨大な魔力によって自滅しようとしている。このまま無秩序にエネルギーとして暴走すれば、余りにも巨大な力が解放されてしまう。

今まで散々、無数に湧かせていた魔物から吸い上げた魔力が一気に溢れ出せば、ここら一帯は無事では済まないだろう。

「トドメだぁ、キュウビ。秘剣【空牙】！」

まったく防備もせず突っ立ったままのキュウビに対して、リキオーは両手の刀を振り上げて、侍の最終奥義を発動する。

破邪の剣・白と黒の、両方から同時に【空牙】が放たれる。

すると双頭の獅子の幻影がキュウビに襲いかかり、四方八方から牙が突き出される。その牙が敵を空間に縫いつけ、斬撃をお見舞いする。

面白いようにダメージが入り、引き裂かれていくキュウビ。そうしてキュウビは胸から上を失うと、体から膨大な量の魔力を放出しながら、塵となって消えていった。

「やったか？」

だが、それで終わりではなかった。

ケーン。


その場にいる誰もが、その不思議な鳴き声を聞いた。

見れば、キュウビだったものが姿を変えて、鋭い顔立ちをした狐、フサフサとした九本の尻尾を携えた本物の九尾の狐となって、そこにいた。

大きさはキュウビと変わらない。だが、不思議と魔の気配はない。むしろカエデに近い神獣の佇まいを見せている。

本来ツナトモ公の先代たちが調伏していたのは、この九尾の狐であって、キュウビではなかったのだ。

九尾の狐は、リキオーたちの前でクルクルッと回転して何もない空中に降り立つと、リキオーを一瞬、見つめた。

そして次の瞬間には、身を翻らせてバッと逃げにかかった。

「あっ、こら待てっ、ハヤテ、頼む」

「きゅーん」

しかし、ハヤテはスタミナを急激に使い果たしたのか、グルグルと目を回して失速し、そのまま落下していく。ハヤテの背中から降りて、力場を張ったリキオーは、どうしようか途方に暮れた。

キュウビを倒し、この時代に打ち込まれた楔を破壊することには成功したが、ここで九尾の狐を見逃せば、ツナトモ公から受けたミッションは失敗してしまう。

あの九尾の狐ならばキュウビほど凶悪とも思えないし、リキオーたちが元の時間軸に戻ったとしても、ツナトモ公の今いる二線級の配下の侍や他の都市からやってきている侍たちでもなんとかなるだろう。しかし、この場で調伏するのが最高のタイミングであることは確実だ。

「くっ、ここまでなのか」

リキオーが歯噛みして遠ざかろうとしている九尾の狐の背中を見つめていると、ダッダッと下から黒い影が上ってくる。

カエデだった。彼女はハヤテをクールな眼差しで見つめて頭を擦りつけると、なんとハヤテの首筋に噛みついた。

「キャンっ」と鳴き声を上げて全身をビクッと跳ねさせたハヤテは我に返ってカエデをガン見する。そして二匹で何かのやり取りをしたようでともに吠え始めた。

ハヤテも驚いていたが、リキオーも驚いた。

普段のカエデはクールビューティというか、何事にも動じず泰然と佇んでいて暴力を奮ったりしない。よほどハヤテの今の状態が癇《かん》に障ったらしい。

リキオーは驚きつつも、カエデのまた違った一面を見られた気がして、何が起きるのかとワクワクしていた。

「ワウっ、ワォン、ワオッ、ワォォォン」

そうして二匹が遠吠えをするように高らかに吠えると、ハヤテとカエデの双方の体が光を放ち始めた。

そして次の瞬間。

全身が燃え立つ、一匹の獣へと変貌していた。

頭の中心に生えた鋭い角《つの》、黄金の毛並み、体格は二匹のものと同じだが、足の先の部分としっぽがメラメラと燃えるように毛が逆立っている。

「こ、これは？」

リキオーの前に跪《ひざまず》いた金色の獣は彼を見つめ、背に乗るように訴えかけてくる。リキオーが戸惑っていると、頭の中に何者かが話しかけてきた。

（ご主人、乗って）

「ハヤテ？　いやカエデか？」

二匹が合体した獣が、リキオーに念話で語りかけてきた。何だかわからないが、目の前で見ていたから、それはハヤテとカエデが変化したものだとリキオーにもわかる。

リキオーは頷くと、ハヤテとカエデだったものに跨《また》がった。

まるで吸いつくようにぴったりとくっ付いて、しがみつかなくても振り落とされることはなさそうだ。

「うおっ、は、速い」

それは突如、加速した。

まさにギュンッという感じで、風景が後ろに飛び去っていく。リキオーが驚いている暇もなく、あっという間に、九尾の狐に追いついていた。

九尾の狐は驚き、宙を駆ける足を速めるが、金色の獣のほうが何倍も速かった。

「調伏！」

リキオーは金色の獣が九尾の狐を追い抜く瞬間、破邪の剣・白を振り抜いた。

リキオーを乗せた金狼がそのまま空中を駆け抜けると、九尾の狐は再び「ケーン」と高く鳴き、光の粒子となって消えていった。


そのとき、リキオーは前方に幻のような鎧武者《むしゃ》が浮かんでいるのを見た。鎧武者の目は微笑んでいるようで、それは少し頭を下げるとそのまま薄くなって消えていった。

「終わったな。帰ろう」

「ワウっ、ワォオォン」

金狼は高らかに吠えて踵《きびす》を返す。そして、アネッテたちのところへ降りていった。

下ももう決着がついたようだ。長かった夜が白々と明け始める中、ぜいぜいと息を荒らげたマリアが疲労困憊といった調子で、同じように魔力をほとんど使い果たしたアネッテと、背中を合わせるようにして座り込んでいた。

座り込んでいる二人の周囲は、凄まじい戦闘のあとを思わせるように、幾つものクレーターがで、き、森の緑は失われ、荒涼とした大地が広がっていた。

「おお、ご主人。こっちはケリが付いたぞ」

「あ、マスター、おかえりなさい。ってそれ……な、何ですか」

「二人ともお疲れ。これは多分、ハヤテとカエデかな？」

リキオーは金狼から降りると、面頬を外して兜を脱いだ。

リキオーを降ろした金狼はたちまち輪郭を失い、ハヤテとカエデの姿に戻った。

座り込んでいたアネッテとマリアは、目を丸くして二匹を凝視している。そしてリキオーを振り返り、目線で理由を尋ねるが、彼も頭を横に振っていた。

「あ、もしかして」

リキオーはメニュー画面を開いて、ハヤテとカエデのスキル欄を表示させる。そこには、今まで【?·?·?】となっていたものが、【幻狼《げんろう》】と表示されていた。どうやら二匹が合体したあの金狼は、そういう名前らしい。

今回、この破邪の剣や鎧のことも含めて、いろいろと性能やらが未知数のまま戦ったので、スキルを十分活かせたとは思えない。ハヤテとカエデのスキルもそうだし、一度、徹底的に調べておきたい。

「ハヤテとカエデのスキルだったようだ。フウ、ともかく助かったよ。お前たち、ありがとう」

二匹の前に腰を屈めたリキオーが、ハヤテとカエデを労るように首筋を撫でてやった。

二匹は、主の愛撫に気持ちよさそうに頭を擦りつけていた。

22　巻き戻る刻《とき》

少し休憩してから、リキオーたちはエッドの街に戻ってきた。

ハヤテもカエデも疲れきっていて、とても三人を乗せて走れない。そのため、街の近くまでは生活魔法のゲートで戻ってそこからは歩いた。

街の人々が、リキオーたちの凱旋《がいせん》に歓喜の声を上げて迎える。エッドの街中が長かった夜を乗り越えたことに湧いていた。

ツナトモ公の屋敷の前で、屋敷の主もシヅとともにリキオーたちを出迎えた。

「リキオー殿、どうやらキュウビを調伏されたようですな」

「ええ。どうやらあの恐ろしい魔物は、元の狐の魔物に憑依《ひょうい》していたようです。私たちも依頼主からの要請に応えることができたようです」

「お疲れ様でした」

シヅは本心からの感謝を込めて頭を下げた。

彼女は、自分の主が為し得なかった仕事を肩代わりしてくれたリキオーたちに、深く感謝していた。

そのとき、リキオーはふと自分の手を見た。そして、ずっと彼らを保護していた竜の加護、金色のヴェールが失われたことに気づく。

次の瞬間、世界が、目に見えるすべてが、セピア色に歪《ゆが》んでいく。

「なッ！」

まるで古ぼけたフィルムが熱で捩《めく》れるように空間が霞《かす》む。

御遣いたちの下僕であるキュウビが討ち取られ、この時代に打ち込んだ楔が失われた今、リキオーたちがこれ以上、干渉を続ける意味はない。

この時空を維持していた強大な力が喪失し、空間が元に戻ろうとする強制力が働き始めたのだ。

「ツナトモ公」

「――どうやら、そのときが来たようですな」

ツナトモ公も、周りの側近たちも、シヅも、事態を落ち着いて受け止めているようだ。

リキオーには信じられない思いだった。どうしてこんな理不尽なことを、抵抗なく受け止めることができるのか。

「どうかお嘆きになるな。これが元より我らの定め」

「そんな、やっと、やっと……これからなのに」

アネッテやマリアも蒼白となって周囲を見回している。

彼女たちは、屋敷で奉公している家人や女中と親しくなり、出かける先々で街の人々と言葉を交わしていた。

「未来から来たお方たちよ。あなたたちの働きによって、きっと我々も復活するときが来る。そのときまでしばしの別れよ」

「ツナトモ公……」

彼らは、自分たちの運命を受け入れたように、皆一様に穏やかな顔付きをしていた。

勿論、リキオーたちにもわかっていたことだ。いつかマリアが夕暮れの町並みを見つめながら語ったように、これは予め決まっていたことなのだ。


絶望に暮れるリキオーたちは、気づけば、シャポネの次元から完全に切り離され、最初にこの時代に落ちてきたとき同様に、光が上下左右に明滅する空間に浮かんでいた。

アネッテとマリアは、ともにリキオーに左右両方からしがみつき、ハヤテたちはなぜかシェイプシフターが掛けられたように小さくなって、リキオーの肩にしがみついていた。

＊＊＊

リキオーは一人、意識のみ別空間に飛ばされて水竜イェニーと対面した。

シャポネに飛ばされる前と同じ空間に二人はいた。

「よう戻ったの」

「イェニーさま」

「無事、御遣いの奴らがあの時代に打ち込んだ楔を破壊したようじゃの。よくやった」

そう言ってイェニーは、大人びた妖艶なチャイナドレスで、雅《みやび》な扇を口元に当ててニヤリと笑った。

「結局、その楔とは、どんな働きをするものだったのですか」

「うむ。少し長くなるが……」

イェニーは今回、リキオーたちがやったことの意味、そして御遣いたちが何を目論んでいたのかについて説明を始めた。

御遣いたちの目的は、シャポネの存在していた時間・次元に楔を打ち込むことで、神の起こす奇跡を阻害することにあった。

神、御遣い、竜といった高次元体は、その地を生きる者たちの行いの結果によって、支配力を強くもし、また弱くもする。

だから御遣いは介入し、アルタイラに獣人国家を滅ぼさせ、人々を恐怖の渦に巻き込むことで、支配力を強くしようとしている。

とはいえ、戦争などはあくまでもヒトがやっていることなので、竜たちは自分たち「見守る者」に課せられた掟《おきて》のため手出しはできない。

その点、「干渉する者」である御遣いたちのほうが支配力を強めやすいのだ。

シャポネは、現代においてアフラカヤ弧状列島もろともすべてが水没しているが、神は、将来の奇跡として、大陸を浮上させようとしている。

そこで御遣いは空間の歪《ゆが》みという楔を打ち込むことで、事象を変化させようとしていた。もし、楔をそのままに神がアフラカヤ弧状列島を浮上させた場合、大地は粉々に崩壊し、最早《もはや》人が住むのに適さない場所に変わる。奇跡を阻まれた神は支配の影響力を失うのだ。

御遣いの目的は、竜たちを排除して、この星の支配を神から奪うことにある。

だが、その企みもリキオーたちの活躍により潰《つい》えた……

リキオーにとっては壮大過ぎる話だった。

まさか自分たちのしていたことが、神の奇跡の成否に関わっていようとは。

イェニーの話には付いていけないことも多いが、一つ彼らにとっても嬉しいことがわかった。

いつの日か、今は海中に没しているアフラカヤ弧状列島は、神の奇跡によって復活するというのだ。

ツナトモ公、シヅ、そして街の人たち。彼らに再び会えることはないだろうが、その地に何か痕跡が残っていることを期待し、リキオーは次の行動へのモチベーションを高めた。

一通り話を聞き終えたリキオーが告げる。

「確かにあなたが過去へ私たちを転移させる前に仰っていたように、私たちは強化されたようです。しかし、わからないことが幾つかあります」

「ふむ。その武器のことじゃろ。教えてしんぜようぞ」

そう言うとイェニーは、まず御遣いたちが使う「存在」と「無」という力について語った。

「存在」と「無」は二つセットで安定する力であり、決して、どちらか一方だけで運用されるべきではない。それは一つの事象の裏と表でしかないらしい。

「じゃがの、その武器は一つのものとしてあるべきその力を、分かつことができるのじゃ」

「分かつことができると、何ができるのですか？」

「その武器であれば、御遣いや儂ら竜に対しても、傷を付けることができるのじゃ。もしその武器で傷付けられたとき、儂らは再生することができぬ」

イェニーは悪戯っぽい笑みを浮かべて、冗談交じりに言う。まるでリキオーが彼らに反旗を翻すのを期待するかのように。

リキオーは愕然としていた。自分が手にした力は、御遣いにさえ対抗できる力なのだ。

だからこそ、御遣いの下僕たるキュウビに対抗できたのか、どうして御遣いの下僕であるキュウビが鎧に反応し怯えたのか、その理由を今更ながらにリキオーは悟るのだった。

「あ、あとわからないのは、二つの刀を合わせたとき、真っ黒い空間に囚われたのですが……」

まるで鎧に、誰かの、おそらくツナトモ公の先代のものだろう意志に導かれた。そしてリキオーは、夢遊病のように勝手に手が動き、さらに言葉を発したのだ。

「うむ、それはその鎧の力ぞ。魔物の核を発見する力か。儂らには関係ないが、お前たちが戦いを有利に進めるには使えるのう」

「なるほど」

「鎧だけでなく、それぞれお主の仲間たちも力を得たようではないか」

「はい」

今回リキオーたちは、キュウビ戦の二回だけで大量の魔物を倒したため、膨大な量の経験値を得た。最初の一回目でリキオー以外のメンバーもレベル50に達して【マスターモード】を獲得したばかりでなく、それぞれのジョブの最終奥義も会得した。

本来であれば、『アルゲートオンライン』のゲーム上では最高レベルは50だ。だが、リキオーは50を突破し、それは仲間たちも同様だった。

今までも冒険を進めるうちに、リキオーのゲーム知識にないものが度々登場した。とくにシルバニア大陸に渡ってきてからは何度か遭遇している。

だが、ここから先はリキオーにも完全に未知の領域だ。さらに、御遣いや竜といった神に通じる存在たちまで関係してきている。

これまで、竜たちの援助を受け、彼らからその力の一端を引き受けながらも、そうした存在たちとは、どこか自分たちとは関係ないと思っていた。

それがどうだ。今や完全に彼らの力に届く距離まで来た。

「……それでこれから私たちはどうすれば」

「最初の予定通り、次の竜に会ってくれればいい。儂の姉にあたるお方じゃ。おお、そう言えば、次の竜がいるのはお主らが元いた国じゃ。しかし、このまま戻るのでは不便じゃな……」

同じ国にいるとしても金竜のもとへ行くには海を渡らねばならないらしい。このままリキオーたちが海人たちの国に戻るのであれば、海を渡る手段を見つけねばならない。

イエニーは最後に何か言い淀んだ風に感じた。それに疑問符を浮かべたリキオーだったが、イエニーはその顔を楽しげに見つめたまま、結局答えを教えることはなかった。

23　企む者たち

青空が広がっている。

どこまでも青く、雲一つない。

そこには、石造りの庭園があり、清浄な水が流れていた。また蝶《ちょう》たちが舞っており、まるで理想郷であった。

だが、そんな光景とは不似合いに、無骨な棍棒を手にした牛頭の怪人が闊歩《かっぽ》している。

別の場所に目を移せば、豪奢な宮殿と思《おぼ》しき巨大な建造物があったが、そのホールのような広場を行くのは人ではなく、石造りの巨人だ。

宮殿に至る橋の下には、回る板を載せた壺のようなものが宙に浮いていた。そして不思議なことに、橋の先には宙に浮いた巨大な石の板が続いている。

ここは人の住む場所ではない。神のおわす場所。

そう、そこは、こう呼ばれていた。

天空神殿アイル・ユラ、と。

＊＊＊

ここは周囲の空間とは隔絶した場所にあり、鳥などが間違って迷い込むということは決してない。御遣いと呼ばれる神の使徒たちの本拠地である。

上から見れば、円形に配置された神殿や、何かの施設が並んでいる。その中央には、粉々になった神殿の破片が浮かび、ポッカリと無残な穴を晒していた。

それは、少し前に黒竜《こくりゅう》バルデオロムに作られた穴である。彼によって空間破砕砲が起動され、神殿もろとも吹き飛ばされたのだ。

時計の十二個の文字盤の位置に倣うように、似たような形の宮殿が幾つも建っている。しかし、そのどれもが巨大で、門一つ取ってみても、とても人の利用を考えて造られたものではない。

その宮殿の一つに、人の姿をした者が一人佇んでいた。が、周囲の建造物と比しても、その人物のサイズは大きく、人非《ひとあら》ざる者であるとわかる。

その者は、地面に足をつけて立っているのではなかった。履いているサンダルの下には、空間が空いていて、宙に浮いているようだ。

顔立ちは中性的で、男にも女にも見える。

セミロングのウェーブの掛かったやや癖のある金髪は、風もないのに、その者が身に着けているゆったりとしたローブとともに揺れていた。

目の色は青く、澄みきっている。その眼差しを、何もない虚空に向けて、その者は何かの思索に耽っているように見えた。

彼は、足を動かさずに宙を滑るように移動すると、橋も架かっていない何もない空間を飛んで、隣の、モスクに似た宮殿へと入っていった。宮殿の巨大なドアが、彼の存在を知覚したように自動的に開き、彼が入ると音もなく閉まった。

彼の名は、ドラガン。

真竜族の力を取り込むために作られた、十三番目の御遣いだ。

彼は、「円環」と自分たちを称する他の十二の御遣いに対して、強い対抗心を持っている。彼はその力を使って、ついに緑竜という紛い物ではない本物の竜の力を取り入れた。

今、ドラガンが入ってきた建物の奥、上も下もホールになっているそこには、広大な空間さえ圧迫しそうなほど巨大な生き物が、宙に縫い止められていた。

ドラガンが眼差しをその巨大な生き物に向ける。


ヘストゥエルは、自分が囚われの身であるのに気づいた。

体と精神を分けられ、体は無残にも翼をむしり取られ、宙に磔《はりつけ》にされている。

なんとか体とのコンタクトを取り戻そうと試みるが、自分の体がまるで他人のもののようで、全く動かすことができなかった。

（そう言えばここはどこだ？　あの場所ではないようだし）

ヘストゥエルは、この世界に五体しかいない真竜種の最上位種だ。

彼ら真竜種は、自然発生してその地位に上り詰めたのではない。

彼らはこの世界、オルディアンの唯一の存在、創世神であるユーゼルによって創造された存在だ。

そのため、普通の生物にない力を持っている。

それが、存在と無の力だ。

この世界のほぼすべての生物・無生物が、そこに存在しているだけで持っているエネルギー。それを自由に扱い、時に滅ぼし、時に自由に作り変え、また巨大な力に練り上げることもできる。

（そうだ。私はあのとき……）

ヘストゥエルは、獣人連合の本拠地で、獣人たちから尊敬を集める存在として暮らしていた。

そして、アルタイラというヒト族が支配する国家により、獣人たちに被害が及ぶとわかると、なぜか、いてもたってもいられなくなり、飛び出したのだ。

だが、圧倒的な力を有するはずの真竜種ヘストゥエルは、囚えられてしまった。

彼ら真竜種と同じように神に生み出された存在である御遣いのうちが一人、ドラガンと、ドラガンの操る紛い物の御遣いたちの力によって。

（やはり、滅ぼされてしまったのだろうな）

ヘストゥエルは獣人たちの国を思った。

とはいえ彼は、特に獣人たちに特に深い思い入れがあるわけではない。彼ら真竜種にとって、他の生物など、取るに足らない存在でしかないのだ。

それでも、彼の身の回りの世話をしてくれた猫の獣人のメイド・リサンヌ、そして獣人の王・イシュカーン、そうした顔が思い浮かぶ。

生命を拾い上げてやれなかった。そのことに、憐憫《れんびん》の情を浮かべるヘストゥエル。

そんなときだ。不愉快なノイズ混じりの声で、何者かが、ヘストゥエルの精神体に話しかけてきたのは。

「緑竜ヘストゥエル。気づいたか」

「――ここは？　私の体をどうするつもりだ」

「ここは、天空神殿アイル・ユラ。我らの拠点ぞ。我はドラガンという。お主に頼みがある」

「御遣いが我ら竜に頼みだと？」

精神体と体の連絡を絶たれた今、ヘストゥエルにできることはない。

御遣いと竜は、ともに神の下僕であり、本来であれば、それぞれに受け持つ仕事があるというだけで、敵対するものではなかった。

だが、いつごろからか、御遣いたちは明確に竜を敵視し、あろうことか、彼らの創造主である創成神ユーゼルを幽閉するに至った。

ヘストゥエルは今でも疑問に思っている。

確かに御遣いたちは、彼らに与えられた力で神を監禁することができた。だが、仮にも神たるものが、自分の生み出した者に囚われるだろうか。

彼にも神の思いはわからない。しかし、どこかでヘストゥエルは、今のこの状況は神の意志なのではないかとも考えていた。

ドラガンが続ける。

「そうだ、悪くない取引だと思うぞ。我に協力してくれれば、お主の枷を払い、自由を約束しよう」

「いいのか？　私をここで解放すれば、そなたたち御遣いの本拠の護《まも》りを崩すことになるのだぞ」

天空城アイル・ユラは、普段はシールドと異次元に守られている。そのため、視認することも、転移以外の方法では到達することもできなかった。しかし、一旦内側に入ればその限りではないのだ。

「問題ない」

ドラガンは平然と言ってのけた。彼は、自分の命がそれほど長いものではないことを知っていた。

円環の十二の御遣いたちは、ドラガンに限定的な御遣いの力を与えるだけにしていた。元々、神ユーゼルを囚えるために用意した、その場限りの生だったのだ。

円環たちにとってみれば、神ユーゼルを囚え、緑竜ヘストゥエルを確保した今、ドラガンの役目は終わっている。

「いいだろう、それで頼みとは？」

「なに、簡単なことだ。もうじき竜の手駒たちがここにやってくるのだろう？　そのときに体を取り戻して、彼奴《きゃっ》らに合流してくれればいい」

ドラガンは、黒竜公バルデオロムが空間破砕砲を使って天空城アイル・ユラの中心部を貫いたとき歓喜した。

すぐに円環の御遣いたちが慌てて空間を閉じたが、ドラガンは空間の歪《ゆが》みを、円環たちに気づかれないように、少し残していた。

「私は今、体へのコンタクトが取れない状態だぞ？」

「それは問題ない。そのときになったら戻してやる」

「……なぜだ？　お前も御遣いの一員なのだろう。仲間を裏切るのか？」

「仲間？　仲間だと……儂は奴らの紛い物でしかない。むしろ儂にとって円環たちは敵だ。敵の敵は味方と言うだろう？　この命の尽きる前に、奴らに復讐できるなら何だってしてやるさ」

ドラガンがヘストゥエルの精神体の前に差し出したのは、ドラガンの生命の証、魔法心臓だ。

赤い輝きを放つそれは、ポロポロと表面から崩れ落ちており、上から落ちてくる赤い雫《しずく》によって補給されているものの、その全体が崩れ去るのも時間の問題だと思われた。

自分の命そのものを提示したドラガンの表情は、狂気に彩られ歓喜に打ち震えていた。

月が導く異世界道中
Tsuki ga michibiku isekai douchu
大人気小説「月が導く異世界道中」が
2017年春、
「PCブラウザゲーム」となって登場!
新たな魔人と共に紡ぐ、
もう一つの「月導」

商団の団長として仲間を率い、お金を稼ぎながら未知の荒野を探索するSRPG。
巴や澪はもちろん、エマ、トア、リノンといった原作キャラクター達も登場!
原作ストーリーに沿いつつ、「原作と違う結果」につながる「新たなる月導」が、
ここから始まる……。

とあるおっさんのVRMMO活動記
PCオンラインゲーム
絶賛
サービス中
ワンモア・フリーライフ・オンライン
とあるおっさんのオンライン活動記
「ワンモア」が
リニューアル!?
仲間と楽しめる新機能と共に
「ワンモア・フリーライフ・
オンライン」
新生・再始動…!
詳しくは http://omf-game.alphapolis.co.jp/ へアクセス!
© Howahowa Shiina © AlphaPolis Co.,Ltd.

Re:Monster
ゲームアプリ解放《リリース》中!!
60万ダウンロード突破!
※2017年2月21日時点
App Store無料ランキング(ゲームカテゴリ)2位!
※2016年2月25日時点
Google Play™国内アプリ新着無料ランキング3位!
※2016年2月26日時点
おかげさまで誕生1周年!
喰えば喰うほど強くなるRPG!
Re:Monster《リ・モンスター》
～ゴブリン転生記～
書き下ろしマンガも公開中じゃよ
詳しくは
http://remonster.jp/
にアクセス!
【Android】Google Play
【iOS】App Store
で好評配信中!
携帯サイトはこちらから!
©Kogitsune Kanekiru ©AlphaPolis Co., Ltd.

異世界に転生した、元システムエンジニアのロディ。
魔術を学ぶ日が来るのをワクテカして待っていた彼だったが、適性検査で才能ゼロと判明してしまう……。
しかし失意のどん底にいたのも束の間、誰でも魔術が使えるようになる“魔術陣”という希望の光が見つかる。
更に、前世で得たプログラミング知識が魔術陣完成の鍵と分かり——。

●定価:本体1200円+税　●ISBN978-4-434-23012-7

illustration:SamuraiG

梨香

Presented by Rika

魔法学校の落ちこぼれ 1・2

貴族ばかりの名門魔法学校に入学したものの… 成績はギリギリ!

天才魔法使いに選ばれたのは

そんな落ちこぼれ少年!

貧しい田舎の少年フィンは、家族のために免税特権を得ようと、一か八かアシュレイ魔法学校の入学試験に挑む。まさかの合格を果たすと、貴族の子息ばかりが集う学校での寮生活が始まった。レベルの高い授業に苦労し「落ちこぼれ」とバカにされながらも、必死に勉強して友達を増やしていくフィン。次第に才能の片鱗を見せ始め、王国一の魔法使いであるルーベンスと出会い、なんと初めての弟子にされてしまう。そして二人で故郷の村を訪れた時、フィンの隠された力が明らかとなる——!

◉各定価：本体1200円+税　◉Illustration：chibi

嵐を呼ぶ
学園潜入ファンタジー、
堂々開幕!

冒険者ギルド最強のSランクに君臨し、闇属性魔法を使う異能の少年、ヒスイ。危険な裏組織のメンバーを捕縛するという依頼を受けた彼は、正体を隠して貴族学校に潜入した。組織の魔の手が彼の身近な人間にまで及んでいると知り、ヒスイは怒り心頭。組織幹部と思しき者との直接対決に臨む!

●定価：本体1200円＋税 ●ISBN978-4-434-23040-0

illustration：ペコー

桐野《とうの》 紡《つむぐ》
埼玉県出身。趣味はゲーム、アニメなど。ペットは猫派。MMORPGをプレイしていた経験を基に、2013年よりネット上で本作「アルゲートオンライン」の執筆を開始。瞬く間に人気を得て、同作にて出版デビューを果たす。

イラスト：Genyaky
http://genyaky.blog.fc2.com/

アルゲートオンライン　～侍が参る異世界道中～　7

桐野 紡

2017年 3月31日初版発行

編集－芦田尚・宮坂剛・太田鉄平
編集長－塙綾子
発行者－梶本雄介
発行所－株式会社アルファポリス
〒150-6005 東京都渋谷区恵比寿4-20-3 恵比寿ｶﾞｰﾃﾞﾝﾌﾟﾚｲｽﾀﾜｰ5F
TEL 03-6277-1601（営業）03-6277-1602（編集）
URL http://www.alphapolis.co.jp/
発売元－株式会社星雲社
〒112-0005 東京都文京区水道1-3-30
TEL 03-3868-3275
装丁・本文イラスト－Genyaky
装丁デザイン－DRILL
印刷－図書印刷株式会社

価格はカバーに表示されてあります。
落丁乱丁の場合はアルファポリスまでご連絡ください。
送料は小社負担でお取り替えします。

ISBN978-4-434-23139-1 C0093